U1000469

国家古籍整理出版专项经费资助项目

陆游集

章培恒 安平秋 马樟根 主编
张永鑫 刘桂秋 导读
黄葵 审阅

中华文史名著精选精译精注·全民阅读版

凤凰出版社

图书在版编目（CIP）数据

陆游集 / 张永鑫，刘桂秋导读. -- 南京 : 凤凰出版社，2020.8（2025.4重印）
（中华文史名著精选精译精注 : 全民阅读版 / 章培恒，安平秋，马樟根主编）
ISBN 978-7-5506-3141-0

Ⅰ. ①陆… Ⅱ. ①张… ②刘… Ⅲ. ①宋诗－诗集②宋词－选集 Ⅳ. ①I222

中国版本图书馆CIP数据核字(2020)第061599号

书名	陆游集
导读	张永鑫　刘桂秋
责任编辑	许　勇
书籍设计	徐　慧
责任监制	程明娇
出版发行	凤凰出版社(原江苏古籍出版社) 发行部电话025-83223462
出版社地址	江苏省南京市中央路165号,邮编:210009
照排	凤凰零距离数字印前中心
印刷	苏州市越洋印刷有限公司 江苏省苏州市吴中区南官渡路20号,邮编:215104
开本	880毫米×1230毫米　1/32
印张	9
字数	185千字
版次	2020年8月第1版
印次	2025年4月第2次印刷
标准书号	ISBN 978-7-5506-3141-0
定价	45.00元

(本书凡印装错误可向承印厂调换,电话:0512-68180638)

丛书编委会

顾问

周林 邓广铭 白寿彝

主编

章培恒 安平秋 马樟根

编委

马樟根 平慧善 安平秋 刘烈茂

许嘉璐 李国祥 金开诚 周勋初

宗福邦 段文桂 董治安 倪其心

黄永年 章培恒 曾枣庄

（以上为常务编委）

王达津 吕绍纲 刘仁清 刘乾先

李运益 杨金鼎 曹亦冰 常绍温

裴汝诚

（以上为编委）

目录

导读

死去元知万事空，
但悲不见九州同。
王师北定中原日，
家祭无忘告乃翁。
——《示儿》

这是南宋时代伟大爱国诗人陆游的绝笔诗。那喷薄而出的统一祖国的激情，倾泻而出的难酬壮志的遗恨，深深地撼动着千百万读者的心灵。千百年来，《示儿》诗长在人口吟咏，激发人们热爱祖国的深厚感情。

陆游，字务观，自号放翁，越州山阴（今浙江绍兴）人。他生于宋徽宗宣和七年（1125），在女真统治者南犯的鼙鼓声中长大成人。他自幼深受父、师先辈爱国思想的熏陶，立下了救国报民的壮志。绍兴二十四年（1154），他应礼部试，名列第一，因科场对策时“喜论恢复”，“语触秦桧”，被主和派官吏黜免。乾道二年（1166），时任隆兴府通判的陆游因积极支持抗金名将张浚北伐，遭到谏官弹劾，以“交结台谏，鼓唱是非，力说张浚用兵”的罪名，被罢职归里。乾道六年(1170),诗人入蜀任夔州通判,阅二年,调任四川宣抚使司干办公事兼检法官。当时,四川宣抚使是积极抗金的王炎,宣抚使司驻守南郑,又是南宋王朝西北部的前线。陆游入幕后,积极赞助军务,“陈进攻之策”,铁马秋风,亲身参加了抗金的军事活动。这是他一生中精神最为奋发的时期。这个时期的战斗生活,成为陆游许多爱国诗篇的现实基础。淳熙五年(1178)春,他自蜀东归,做过几任地方官,终因遭到“排陷”,去职还乡。此后二十多年中,陆游一直在山阴故居度过。嘉定二年除夕,即公元1210年1月26日,八十五岁的老诗人带着对祖国命运的无穷忧虑,怀着国土未复的怨恨,离开了人世。

陆游生活在我国历史上民族矛盾极为尖锐的时代。当时,女真统治集团占据江淮以北大片土地;南宋统治集团推行屈辱求和的政策,偏安东南;大江南北的人民和地主阶级内部的主战派不断奋起抗金。山河破碎,孕育出了许多忧国忧民的歌手,他们用豪迈悲壮的笔调,唱出了慷慨激昂的战歌,抒写出国土分裂的悲恸,表现出强烈的爱国精神。陆游,就是这群爱国诗人中最杰出的代表。陆游的一生,是为国家统一而努力奋斗、努力歌唱的一生。陆游诗歌的精华全是那些洋溢着爱国激情的篇章。

我们在陆游的爱国诗篇中所看到的,首先就是诗人渴盼着故土能早日恢复、祖国能早日统一的强烈愿望。诗人向往着唐太宗时期的“贞观之治”,向往着宋太祖统一天下的功业,追忆着“四海一家天历数,两河百郡宋山川”(《感愤》)的盛世;日想夜望的是“何时王师自天下,雷雨澒洞收欃枪”(《蒸暑思梁州述怀》),“要挽天河洗洛嵩”

(《八月二十二日嘉州大阅》)。这种时刻不忘恢复神州的理想,常常被诗人借着丰富的想象抒写出来。"昼飞羽檄下列城,夜脱貂裘抚降将""腥臊窟穴一洗空,太行北岳元无恙"(《九月十六日夜梦驻军河外……》),这是想象王师出征北伐、势如破竹、尽复失地的情景;"黄河与函谷,四海通舟车。士马发燕赵,布帛来青徐。先当营七庙,次第画九衢"(《观大散关图有感》);"冈峦极目汉山川,文书初用淳熙年""凉州女儿满高楼,梳头已学京都样"(《五月十一日夜且半,梦从大驾亲征……》),这是对胜利后人民重建家园、四海之内一片太平景象的憧憬。为了早日实现这种理想,陆游还在诗中表达了自己收复中原的战略思想。"梦里都忘困晚途,纵横草疏论迁都"(《记梦》)。诗人曾向朝廷建议迁都建康,作为收复沦陷区的初步计划,他在梦里还念念不忘这一主张。诗人巡行山南,看到汉中地区形势险要,物产殷富,便喜赋《山南行》,把收复中原的希望寄托在从关中进军的壮举上:"国家四纪失中原,师出江淮未易吞。会看金鼓从天下,却用关中作本根。"这完全是他的"经略中原,必自长安始,取长安,必自陇右始"(《宋史·陆游传》)这一政治主张的诗化表现。

其次,陆游在他的爱国诗篇中,还以爱憎分明、无比坚定的立场,愤怒地揭露了女真统治集团的残暴行为,鞭笞了南宋统治集团内主和派祸国殃民的罪恶,热情歌颂了爱国志士抗敌救国的斗争精神,反映了沦陷地区人民的思想、感情、要求和愿望。诗人怀着痛苦的心情,一面暴露女真统治集团的暴行,写下"赵魏胡尘千丈黄,遗民膏血饱豺狼"(《题海首座侠客像》)的悲惨现实,一面又为人民设想:"民穷诉苍天,日夜思来苏"(《感兴》其二),"遗民泪尽胡尘里,南望王师又一年”（《秋夜将晓出篱门迎凉有感》其二），反映中原地区各族人民不堪女真统治集团的残酷掠夺，渴求解救的心愿。与此同时，陆游也用诗作投枪，射向南宋集团内的主和派人物以及他们推行的屈辱投降的政策。诗人首先指出，当日主和派有一个党，有“衮衮诸公”，不是少数人。他们沆瀣一气，相互勾结，打击排斥爱国将领和志士。“公卿有党排宗泽，帷幄无人用岳飞”（《夜读范至能〈揽辔录〉……》），“诸公可叹善谋身，误国当时岂一秦（桧）”（《追感往事》其五），这种揭露在当时是很深刻的。诗人还揭露他们沉湎声色、苟安偷生，置国家安危于不顾的丑恶面貌：“朱门沉沉按歌舞，厩马肥死弓断弦”（《关山月》），“东家唤客宴画堂，两行玉指调丝簧。锦绣四合如垣墙，微风不动金猊香”（《大风登城》）。与此相反，陆游满腔热情地歌颂爱国的英雄人物，对宗泽、岳飞、韩世忠、刘锜、武钜、姚平仲、赵宗印等爱国将领、太学生和军民，都表达了崇敬、爱戴、钦慕的心情。

再次，陆游诗歌的爱国主题，还表现在抒写自己为国献身的抱负和英勇斗争的气概上。早在青少年时代，陆游就抱定了爱国复仇的愿望。他说：“少年志欲扫胡尘。”（《书叹》）又说：“上马击狂胡，下马草军书。二十抱此志……”（《观大散关图有感》）在《书志》诗里，诗人又想象自己的肝心融化为精金，铸为利剑，砍向敌人，横扫战尘；而在《剑南诗稿》中，像“报国寸心坚如铁”“裹尸马革固其常”这样的壮声豪语，更是处处可见。但是，摆在诗人眼前的残酷现实是南宋小朝廷的屈膝偷安，主和派不断地排斥、迫害爱国人物。因此，陆游诗歌中也经常出现报国无门、年华易逝的感叹：“塞上长城空自许，镜中衰鬓已先斑”（《书愤》），“胡未灭，鬓先秋，泪空流。此生谁料，心在天山，身老沧洲”（《诉衷情·当年万里觅封侯》）。这种诗词，不仅是诗人愤激心情的表露，也是诗人对主和派不思北伐、屈辱求和的强烈控诉。然而，诗人不畏艰难，不怕高压，始终坚持爱国立场，丝毫也没有改变北定中原的理想。他常常把理想和现实、欢乐和悲愤、永不衰竭的爱国热情和不断滋长的失望痛苦写进作品里，形成鲜明的对照，充分表现了自己不复国土心不平的志向。

在严峻的民族战争中，不甘心只做一个感慨世事的诗人，而首先把自己看作是献身报国的战士，这也正是陆游作为自屈原、杜甫以来最伟大的爱国主义诗人，不同于当时一般爱国诗人的最显著的特点。在陆游一生八十多年的历程中，他把个人的生活目标、抱负理想自始至终和雪耻御侮、收复失地的大业紧紧联系在一起，爱国情绪和战斗精神洋溢在他的整个生命之中。从纵的方面看，早年读书时，诗人就抒写了“平生万里心，执戈王前驱。战死士所有，耻复守妻孥”（《夜读兵书》）的豪情壮志；中年入蜀后，更是“其诗之言恢复者十之五六”（赵翼《瓯北诗话》）；到了八十二岁的晚年，诗人仍然唱出了“一闻战鼓意气生，犹能为国平燕赵”（《老马行》）的充满激情的声音。“篇中十九从军乐”，在他的近万首诗作中，始终回响着的主旋律便是湔雪国耻，恢复神州。从横的方面看，诗人的爱国激情，充满胸臆，因而随时喷涌，随处触发，都成为激动人心的好诗。无论春往秋来、赏花闻雁、饮酒游览、作书观画，都会惹起他报国杀敌的满腔心事来；醉后梦中，联想到攻城夺关；观赏山峰，联想到恢复中原。诗人几乎已经到了无一时、无一事不被爱国感情所驱遣，为国家安危所萦心的地步。正是因为诗人具有这样一种如屈原所说的“亦余心之所善兮，虽九死其犹未悔”的执着精神，这样一种“位卑未敢忘忧国”“功名在子何殊我，惟恨无人快著鞭”的胸襟气度，这样一种“跃马横戈”“手枭逆贼清旧京”的英雄豪情，这样一种“一身报国有万死”的牺牲精神，陆游的爱国诗篇才能如此地真切动人，具有震撼人心的巨大力量。

陆游除了写出大量的爱国诗篇外，还写了许多别具情致的诗歌。这些诗歌，或描写眼前的景物，或抒写日常生活中的感受，或表现深挚的爱情，更有投赠、行役、登览、吊古、送别、忆昔等不同的类别，题材十分广泛，正如清代赵翼所说：“凡一草、一木、一鱼、一鸟，无不裁剪入诗。”（《瓯北诗话》）像《游山西村》中的“山重水复疑无路，柳暗花明又一村”，《临安春雨初霁》中的“小楼一夜听春雨，明朝深巷卖杏花”，都是脍炙人口、流传至今的名句。在这些诗作中，尤其值得注意的是陆游的农村诗。陆游从六十五岁到逝世以前的二十年中，大部分时间都在农村度过，写下了《蔬圃》《农家晚秋杂咏》《农家》《牧牛儿》《北园杂咏》等一大批描写田园景色和农业劳动的趣闲景远、清新隽永的作品。长期的农村生活使他对这里的土地产生了深厚的感情，也使他有机会接触农民，了解下层人民的喜怒忧乐，写出了“嘉谷如焚稗草青，沉忧耿耿欲忘生。钧天九奏箫韶乐，未抵虚檐泻雨声”（《秋旱方甚，七月二十八夜忽雨，喜而有作》）这样的与农民感情息息相通的佳作。同时，陆游还在他的诗里，揭露了统治阶级对百姓的剥削压迫，真实地反映了农民的悲惨生活。如《书叹》反映剥削阶级的横征暴敛：“有司或苛取，兼并亦豪夺。正如横江网，一举孰能脱。”《农家叹》则通过“门前谁剥啄，县吏征租声。一身入县庭，日夜穷笞搒”的具体描写，反映农民历尽艰辛，结果被剥削殆尽的悲惨现实。诗人同情、关心人民疾苦的诚挚感情，溢于言表。所有这一切，对于陆游这样一个封建士大夫来说，都是十分难能可贵的。

“六十年间万首诗”（现存九千三百余首），陆游诗篇不仅数量丰富，在我国文学史上首屈一指，而且在艺术上也是成就卓著，具有独特的风格。

陆游早年写诗，“但欲工藻绘”，曾受过江西诗派的影响。中年入蜀参预军机以后，他逐渐体会到要写好诗，“工夫在诗外”（《示子遹》）。他劝勉朋友说：“……愿舟楫鞍马间加意勿辍，他日绝尘迈往之作，必得之此时为多。”（《广西通志》载桂林石刻陆游与杜思恭手札）诗人不仅认识到火热的现实生活是创作的无尽宝藏，而且在创作中努力实践，“渐若窥宏大”，诗风大变，卓然名家。

动乱的现实世界，丰富的战地生活，激越的爱国热情，执着的斗争精神，坎坷的生活遭际，这些都是形成陆游诗风的重要因素。此外，诗人也善于学习前代诗人的优秀艺术传统。他对屈原、陶渊明、李白、杜甫、岑参、梅尧臣等诗人，倾倒备至；其中最为尊崇的是屈原和杜甫。这不仅是由于屈、杜两位前代诗人在艺术上给陆游以影响，更因为陆游的爱国主义精神和他们异代相通，一脉相承，所以同时期诗人杨万里评价他的诗是“重寻子美（杜甫）旧行程，尽拾灵均（屈原）怨句新”（《跋陆务观剑南诗稿》）。屈原诗忠愤悲怆，陶渊明诗闲淡萧散，李白诗雄伟豪迈，杜甫诗沉郁顿挫，岑参诗豪健峭奇，梅尧臣诗古淡清丽，陆游都能从中汲取养料，取各家所长，融会贯通，形成自己的独特风格。

陆游诗歌创作的主要手法是现实主义的。在他的诗歌作品中包含着博大深厚的忧国忧民思想，诗人用他那健爽遒劲的笔触，描绘了他那个时代广阔而真实的生活画面；而洋溢在这画面上的则是一层既慷慨豪壮又深沉悲凉的色彩。所有这些就使得陆游诗歌的艺术风格在其多样化之中，形成了雄浑沉郁的最基本的特点。同时，陆游诗歌还具有浓厚的浪漫主义色彩。诗人常借助于丰富瑰丽的想象、奇特大胆的夸张来描述自己在现实中无法实现的理想，从而更深一层地表达自己壮志难酬、报国无门的悲愤，这就形成了陆诗奇情瑰丽的浪漫主义风韵，因而在当时有“小太白”之称。

陆游诗歌在其语言方面，特点是晓畅平易，自然工妙。诗人曾描述自己作诗时的情景：“炼句未安姑弃置”（《枕上》），“锻诗未就且长吟”（《昼卧初起书事》），可见诗人是狠下过锤炼之功的，这使诗人又能做到深入浅出，尽去雕饰之痕，能于易处见工，平中见奇。在描写方面，诗人善于“状难写之景如在目前”，状物写景，刻画精细熨帖，因而佳句迭出，美不胜收。在诗歌体裁方面，陆游也做到了兼擅各体，无论是古体诗、近体诗，都有许多的佳作；其中七律尤为人所推重，被认为是“专工此体而集其成”（舒位《瓶水斋诗话》）。

陆游诗歌在艺术上也还有不足之处。他有的作品，或“句法稠叠”，或诗意雷同，产生这些毛病的原因，前人认为他写诗数量既多，速度又快，因之“率意无味”（叶燮《原诗》），“盖一时凑用完篇，不及改换耳”（赵翼《瓯北诗话》），叶、赵之论，都极有见地。

至于陆游的词，则兼有豪放与婉约之风。杨慎《词品》指出："放翁词纤丽处似淮海（秦观），雄慨处似东坡（苏轼）。"毛晋则说："超爽处更似稼轩（辛弃疾）。"（《宋六十家词·放翁词跋》）他的许多表现爱国思想的词，具有大声镗鞳、气势壮迈、雄豪爽朗的风格，属于苏辛一派。《水调歌头·多景楼》《秋波媚·七月十六日晚登高兴亭望长安南山》《汉宫春·初自南郑来成都作》，都是体现出苏辛词派特色的词作。陆游的词虽然数量不多，现仅有一百余首，但在他的整个文学创作中，同样占着重要的地位。

我们是陆游诗词的爱好者，正是这位伟大的爱国诗人的精神激励着我们从事这项作品翻译的工作。但在译诗、译词的过程中，我们都深感要体现出原诗的风格和精神，并不是一件容易的事。现在奉献在读者面前的这本小书，只能说是我们的一份并不成熟的习作，尚有待读者的热忱指教。如果说，这本小书还能对读者有一点一滴的用处的话，那就是我们莫大的欣慰了。

张永鑫（江南大学文学院）

刘桂秋（江南大学文学院）

诗

二月二十四日作

宋高宗绍兴二十六年(1156)春作于山阴家中,陆游时年三十二岁。陆游早年曾被秦桧所黜落,困居山阴。这首诗写在秦桧死后四个多月。诗先从农村社日的热闹景象写起,表达了希冀丰收的愿望和对农民的同情;接着写对秦桧死党曹泳的放逐,感到痛快;同时希望朝廷尽快起用抗战志士张浚,使天下贤才能云集朝廷,表明了自己只求国家中兴有日、不计一己之穷通的态度。

棠梨花开社酒浓①,**南村北村鼓冬冬**。
且祈麦熟得饱饭,**敢说谷贱复伤农**②!
崖州万里窜酷吏③,**湖南几时起卧龙**④?
但愿诸贤集廊庙⑤,**书生穷死胜侯封**⑥。

① 棠梨:蔷薇科,落叶乔木,春天开花,白色。社:此指社日,古代祭拜社神(土地神)的节日,分春秋两社。 ② 敢说:岂敢说。谷贱伤农:指丰年米多,商人压低米价,农民们因此受到损失。 ③ 崖州:宋代辖境相当今海南三亚等地。窜:放逐。酷吏:指秦桧死党酷吏曹泳,绍兴二十五年十月,曹泳被免除户部侍郎代理尚书兼知临安

府的官职，贬逐到新州(今广东新兴一带)，二十六年正月，命移崖州编管。 ④ 湖南：宋代荆湖南路的简称，今属湖南。卧龙：本指三国时蜀相诸葛亮，这里借指宋抗金名将张浚。张浚因为主张抗战，屡遭秦桧排挤，绍兴二十五年十二月，秦桧已死，张浚仍被贬在湖南的郴(chēn)州。 ⑤ 廊庙：庙堂，指朝廷。 ⑥ 侯封：封侯。

翻译

棠梨花儿开了，社酒已酿得浓浓，
四面的村子里，到处是鼓声冬冬。
只求麦子熟了，能吃上几顿饱饭，
又怎敢议论，说谷价贱了会伤我田农！
如今，酷吏曹泳被放逐到万里外的崖州去了，
可湖南张浚什么时候才能被再度起用？
愿只愿呵，有众多的忠臣贤士云集在朝廷，
我这书生便是穷困而死，也胜过侯王升封！

度浮桥至南台

绍兴二十九年(1159),陆游三十五岁,任福州决曹(州的佐官,掌管刑法),本诗作于此时。浮桥,旧名万寿桥,横跨南台江之上,宋时是由船只联成的浮桥,元代才改建成石桥。南台,也称南台山(在今福建福州南),相传古代越王无诸在此台钓得白龙,所以又称钓龙台、钓台山。又闽江流经钓龙台山下,叫南台江,也叫白龙江。这是陆游在福州游南台山时写的诗,表现浮桥的伟丽、南台的雄浑,寄寓着诗人对中兴景象的憧憬。意境阔大豪迈,于晓畅流动中显示了豪壮瑰伟的风格。

客中多病废登临①,闻说南台试一寻。
九轨徐行怒涛上②,千艘横系大江心③。
寺楼钟鼓催昏晓④,墟落云烟自古今⑤。
白发未除豪气在,醉吹横笛坐榕阴⑥。

① 废:此言久免于登临。 ② 九:形容极多。轨:车辙。这句是说建立在江上的浮桥桥面宽阔,可容多辆车马一齐行驶。 ③ 千艘:指架浮桥的船。“千”也是形容其多。系(jì):缚结。 ④ 寺楼:指光

孝寺，宋崇宁二年建，在浮桥之南。 ⑤ 墟落：村落。 ⑥ 榕：常绿乔木，高达四五丈，其枝条着地，能再生根成干，因此枝叶扶疏，树荫极广，产于福建、广东一带。据《榕城随笔》，闽中多榕树，因此号为榕城。榕阴：榕树的树阴，此言其茂密。

翻译

客居在外病魔缠身，
久久不将山水登临，
听说胜境南台山，
试着前去寻它一寻。
无数的车马缓缓行驶
在浪高流急的江面上，
千百条船儿联结在一起，
横跨在大江的中心。
光孝寺楼里，钟鼓声声，
从早到晚催着时光逝去，
四面村落中，云烟袅袅，
打古时一直飘到了如今。
时光催人老呵，白发已生，
却不能消除我心中的豪气，
带着酒后的浅醉，吹起横笛，
周围是一片榕树的绿阴。

送七兄赴扬州帅幕

绍兴三十二年(1162)闰二月作于临安(今浙江杭州),陆游时年三十八岁。七兄,陆游的胞兄,名濬,字子清,行七。扬州帅指成闵。成闵于绍兴三十一年十一月被任为淮南东路安抚使、京东西河北东路淮北泗宿州招讨使,率兵渡江至扬州(宋时,淮南东路安抚使的治所在扬州,即今江苏扬州)。幕,幕府。本篇是为送七兄赴扬州任职而作的送别诗,前六句回忆过去的旧事,抒写了自己和七兄两人的忧国忧时之情;最后两句点出送行之意,表达了自己对七兄能在金兵战败北逃,扬州一带又得安定时北行而产生的愉快心情,与前六句所写,恰成鲜明对照。

初报边烽照石头①,旋闻胡马集瓜州②。
诸公谁听刍荛策③?吾辈空怀畎亩忧④。
急雪打窗心共碎,危楼望远涕俱流⑤。
岂知今日淮南路,乱絮飞花送客舟⑥!

---

① 边烽:边地报警的烽火。石头:指石头城,建康(今江苏南京)的古

称。 ② 胡马：指金兵。瓜州：即瓜洲镇，在今江苏扬州南长江边。绍兴三十一年(1161)十一月，金主完颜亮大举南犯，曾一度迫近南京城，失败后，又会集水军于瓜洲，阴谋渡江。 ③ 诸公：指当时朝廷执政的主和派人物。刍荛(chú ráo)策：老百姓的意见，这里是作者对自己政见的谦词。刍荛：打草砍柴的人。 ④ 畎(quǎn)亩忧：指在野之人的忧虑。畎亩：田间。绍兴三十一年十月后，陆游一度自临安回山阴，到十二月才入都任史官，故自称"畎亩忧"。 ⑤ 危楼：高楼。 ⑥ 淮南路：宋十五路之一。北宋后期，淮南路分东西二路，这里指的是东路，辖境相当于今江苏北部的大部分和安徽、河南一小部分。

翻译

刚刚报传边地的烽火，
已照亮了建康城头；
不久又闻说金人的兵马，
已集结在瓜州渡口。
当权的衮衮诸公，
有谁肯听听百姓的意见？
我们在野的人呵，
只能白白地为时局担忧。
大风急雪扑打着窗棂，
心儿和雪珠一起破碎，

登上高楼向远处眺望，

你我都不禁热泪横流。

又哪里想到呵，今日里，

柳絮轻飘、乱红飞舞，

送你的客船去往那

淮南东路的古城扬州！

游山西村

乾道三年(1167)春作于山阴,陆游时年四十三岁。山西村,山阴镜湖三山的一个村庄。诗人以一个“游”字作为贯穿全诗的主线,生动地描绘了乡间的风光习俗,表现出诗人对农村生活的真挚感情。第二联“山重水复疑无路,柳暗花明又一村”,善状难写之景,又于写景之中寓有一定的哲理,成为千古传唱的名句。

莫笑农家腊酒浑①,丰年留客足鸡豚②。
山重水复疑无路,柳暗花明又一村。
箫鼓追随春社近③,衣冠简朴古风存。
从今若许闲乘月④,拄杖无时夜叩门⑤。

---

①腊酒:腊月里酿造的酒。 ② 足:充足。鸡豚(tún):指菜肴。豚:小猪。 ③ 春社:古代以立春以后的第五个戊日为春社日,在这天祭社稷神以祈丰年。 ④ 乘月:趁着月色。 ⑤ 无时:随时。

翻译

不要笑话农人田家，
腊酒浑浊不清；
丰收年景款待客人，
菜肴足够丰盛。
山峦重重，水道弯弯，
正疑无路可走；
柳阴深深，鲜花簇簇，
豁然又是一村。
吹箫击鼓前后相随，
原来春社已近；
穿衣戴帽简单朴素，
依旧古风留存。
从今以后如能容我，
趁着月色闲游；
我会随时拄着拐杖，
敲响你家柴门。

宿枫桥

本诗作于宋孝宗乾道六年（1170），陆游时年四十六岁。这一年闰五月陆游被任为夔（kuí）州通判（州治在今重庆奉节），离山阴西上，前往就任。六月十日经过苏州，夜宿于枫桥寺前，作了这首诗。枫桥，在今江苏苏州西郊。

七年不到枫桥寺①，客枕依然半夜钟②。
风月未须轻感慨，巴山此去尚千重③！

① "七年"句：宋孝宗隆兴二年（1164）春，陆游赴镇江任通判时曾经过枫桥，到作本诗时，正好经过了七年。枫桥寺：即枫桥的寒山寺。
② 半夜钟：唐宋时寺院有半夜打钟的风习。唐代张继《枫桥夜泊》："姑苏城外寒山寺，夜半钟声到客船。"这里即用了张继诗的典故。
③ 巴山：山名，在四川、陕西两省境内，东与三峡相接。这里泛指诗人要去的蜀地。

翻译

七年了，没到这枫桥边的寒山古刹，

客船上，依然是枕着夜半的钟声入眠。

先不要对眼前风月轻易感慨吧，

此去蜀川，中间还隔着千重关山！

晚泊

宋孝宗乾道六年(1170)六月西行途中作于瓜洲。诗人先以自叹身世飘零作起,带出将往蜀地任职之事;中间两联描绘了蜀道行路的艰难和江边夜泊的情景,最后在“啼鸦戍堞空”的描写之中,表现了诗人对武备松弛的担忧。

半世无归似转蓬[1],今年作梦到巴东[2]。
身游万死一生地,路入千峰百嶂中。
邻舫有时来乞火,丛祠无处不祈风[3]。
晚潮又泊淮南岸[4],落日啼鸦戍堞空[5]。

① 蓬:多年生草本植物,又名飞蓬,秋天开花,遇风常拔根飞转,前人常用来比喻身世的漂泊不定。 ② 巴东:郡名,东汉末年益州牧刘璋置,此指夔州。 ③ 丛祠:乡林间的神祠。 ④ 淮南:淮南路,瓜洲属淮南东路,参见《送七兄赴扬州帅幕》注。 ⑤ 戍堞(dié):戍楼(守望的城楼)的短墙,此即指戍楼。

翻译

半生过去，没有归依，就像那飘转的飞蓬，
到得今年，做梦一般，我又要去往巴东。
蜀道奇险，将亲历高江急峡，万死一生，
行路多艰，要经过乱石危岩，百嶂千峰。
相邻的船上，不时有人前来借火做饭，
处处神祠里，船夫们在祈祷一路顺风。
涨晚潮时，淮南岸边，又将停下远行客船，
日斜西处，鸦啼声里，只能看见戍楼空空。

记梦

乾道七年(1171)正月作于夔州通判任所，陆游时年四十七岁。陆游写有很多记梦诗，据清代赵翼《瓯北诗话》的核算，在陆游诗集中记梦诗有近百首之多。这种以梦为题的诗篇，内容大都是爱国情怀的抒发。本诗写梦中草疏论迁都，表明了诗人坚定的抗战立场。

梦里都忘困晚途①，纵横草疏论迁都②。

不知尽挽银河水③，洗得平生习气无？

① 晚途：晚年。陆游壮年将过而壮志未酬，故有“困晚途”之叹。

② 论迁都：陆游于隆兴元年(1163)三十九岁任职临安时，曾主张迁都建康，认为建康山川险要，而临安形势不固，运饷不便，容易受到金人来自海道的袭击，见《渭南文集》卷三《上二府论都邑札子》。后来陆游从军南郑，又主张进军关中，迁都长安，以为永久之计。 ③ 银河：天河。

翻译

一到梦里就全忘了晚境的困苦，

龙飞凤舞起草建议迁都的奏疏。
要是把天河银流全部倾泻下来，
不知能否把我这平生习气洗除？

风雨中望峡口诸山奇甚，戏作短歌

乾道七年(1171)四月作于夔州试院，当时陆游在夔州兼任州考监试官。峡口，指瞿塘峡，该峡西起夔州，东至巫山，长约八百里，为长江三峡之一。诗中通过对祖国山川奇景的刻画来表达诗人的理想和抱负，由雄伟山势在烟雨中的奇幻变化，联想到奇异的人才也须在激烈的斗争风雨中方能显出英雄本色。写得寓意深刻，理趣浑然。

白盐赤甲天下雄①，拔地突兀摩苍穹②。
凛然猛士抚长剑③，空有豪健无雍容④。
不令气象少渟滀⑤，常恨天地无全功。
今朝忽悟始叹息，妙处元在烟雨中。
太阴杀气横惨淡⑥，元化变态含空蒙⑦。
正如奇材遇事见⑧，平日乃与常人同。
安得朱楼高百尺，看此疾雨吹横风！

---

① 白盐：山名，在夔州府东十七里，高千丈，色如白盐。赤甲：山名，

在夔州城东十五里，土石尽赤，与白盐山隔江相对。 ② 突兀：高耸的样子。苍穹（qióng）：苍天。 ③ 凛然：威严不可侵犯的样子。 ④ 雍容：从容不迫。 ⑤ 渟滀（tíng xù）：本是指水流汇聚积蓄，这里是凝蓄蕴藉的意思。 ⑥ 太阴杀气：指肃杀的寒气。 ⑦ 元化：指大自然。 ⑧ 见（xiàn）：显现，表现。

翻译

白盐赤甲是天下最雄伟的山峰，
拔地而起，巍然耸立，高入天九重。
像一位手按长剑的威严猛士，
豪壮雄健，却少几分意态从容。
怎不让山川气象多少带点含蓄蕴藉，
使我常遗憾世间无十全十美的事情。
今日里一旦领悟不由得慨叹万分：
群山的妙处原来是在这烟雨之中！
天空中昏暗无光，充满肃肃杀气，
烟雨空蒙里蕴含大自然变化无穷。
正如人有奇才遇着大事才得以显现，
平日时光和普通人没有什么不同。
怎能够筑起那高达百尺的红楼，
登高极目，笑看这疾雨与狂风！

南池

原注：杜诗所谓“安知有苍池，万顷浸坤轴”者，今已尽废。

乾道八年（1172）春，陆游四十八岁，应四川宣抚使王炎之召，赴利州路兴元府（治所南郑县，今属陕西），担任四川宣抚使司干办公事兼检法官，道经阆（làng）中时作此诗。南池，在四川阆中南，汉时称彭道将池，东西二里，南北约五里，在汉代是重要的灌溉池，但唐以后已废置不用。原注中所提到的“杜诗”，见杜甫《南池》。陆游在他的《老学庵笔记》卷二中，曾提到当时国内一些用于水利灌溉的陂塘池泽多有废毁，因此诗人便借万顷南池变为平陆的事实，写下这首诗，表示自己的叹惋之情，对“陂复”以后“民食足”“霸图雄”的美景表示热切向往，更对当时一些庸官俗吏的碌碌无为提出了批评。

二月莺花满阆中①，城南搔首立衰翁②。

数茎白发愁无那③，万顷苍池事已空④。

陂复岂惟民食足⑤，渠成终助霸图雄⑥。

眼前碌碌谁知此⑦，漫走丛祠乞岁丰⑧。

① 阆中：县名，在四川省，今为阆中市。宋属利州路，是阆州阆中郡的郡治。 ② 搔首：挠头，表示心有所思的样子。 ③ 无那：无可奈何。 ④ 苍池：青池。据《老学庵笔记》卷二载，当时的数百里南池已变成了一片平地，其间只有数以千计的坟墓。 ⑤ 陂：池。复：修复。 ⑥ 渠成：用秦修郑国渠的典故。战国时，韩王派水工郑国（人名）到秦国开渠，这一长达三百多里、灌田四万余顷的水渠修成后，关中一带成为沃野，没有灾凶之年（见《史记·河渠书》）。 ⑦ 碌碌：平庸，这里指庸人。 ⑧ 末句诗人原注："池上有汉高帝庙。"丛祠：见《晚泊》注。

翻译

四处莺啼，满地花开，阆中县里春意浓浓，
几次挠头，几声叹息，城南站着我这衰颓老翁。
心里发愁，无可奈何，几根白发爬上了两鬓，
万顷青池，波光粼粼，早成了往日的旧梦。
修复南池，哪里只是让百姓粮食充足？
开通渠网，终将有助于国家富强称雄！
眼前的那些碌碌小人，有谁知这个道理？
只会跑到汉高祖庙里，去祈求国泰年丰。

老君洞

原注：有石刻载，唐明皇幸蜀，见老君于此。

乾道八年(1172)春赴兴元府道中作于大安(今陕西勉县)。老君，道教把道家学派创始人老子李耳神化为太清境的天神太上老君。老君洞，在大安军东三十里山上老君祠后面。据杜光庭《道教灵验记》载：唐天宝末安史之乱中，唐明皇李隆基入蜀，经过这里，曾亲见老君降神于崖石之上，并下令官吏把所见老君形状塑像在山间。诗人把这一虚诞的传说为我所用，就老君也要逃难这一点，对他进行了无情的调侃，更借此含蓄地讽刺了唐明皇和宋王朝的逃跑行为。

丹凤楼头语未终①，崎岖蜀道复相逢。

太清宫阙俱煨烬②，岂亦南来避贼锋③？

---

① 丹凤楼：唐长安含元殿南面丹凤门上的楼。据《旧唐书·玄宗纪》载：天宝元年(742)春正月，老君曾显灵于丹凤门前的大道上。这当然是道士们弄虚作假。 ② 太清宫：在唐代长安城偏东离丹凤门不远的大宁坊，是老君的庙宇。天宝十五载(756)，安禄山攻破长安，

太清宫当然遭到战火。宫阙：宫殿。煨烬（wēi jìn）：灰烬。 ③“岂亦”句：因长安的老君殿已毁于战火，而蜀道上倒又有老君洞，所以诗人说“岂亦南来避贼锋”。

翻译

才听说长安丹凤楼前老君曾经降临，
怎的在这崎岖蜀道上又和老君相逢？
一把战火使太清宫化成了一片灰烬，
莫不是老君也南来逃避贼人的刀锋？

山南行

乾道八年(1172),陆游从夔州前往兴元府王炎幕府任职,这首诗是该年三月刚到兴元府时所作。山南,古代地区名,在陕西终南山以南,宋代兴元府府治南郑(今属陕西),一般称为山南城。行,古代诗歌的一种体裁。这是一首反映陆游战略思想的诗。诗人描绘了山南一带的自然景物、人情民风和地理形势,认为国家收复中原,先应当以关中作为根据地。

我行山南已三日,　如绳大路东西出①。
平川沃野望不尽,　麦陇青青桑郁郁②。
地近函秦气俗豪③,　秋千蹴鞠分朋曹④。
苜蓿连云马蹄健⑤,　杨柳夹道车声高。
古来历历兴亡处⑥,　举目山川尚如故。
将军坛上冷云低⑦,　丞相祠前春日暮⑧。
国家四纪失中原⑨,　师出江淮未易吞⑩。
会看金鼓从天下⑪,　却用关中作本根⑫。

① 如绳：言其直。 ② 陇：通“垄”。 ③ 函秦：指陕西。因陕西是战国时秦国故地，东有函谷关，故有函秦之称。 ④ 秋千：荡秋千。蹴鞠（cù jū）：古代的一种球类运动，类似今天的足球运动。蹴：踢。鞠：一种皮革制的球。山南秋千、蹴鞠之俗很盛行，陆游的诗中曾多次提到。分朋曹：分群，分队。 ⑤ 苜蓿（mù xu）：豆科植物，是马爱吃的一种饲料。连云：如云连绵不断，形容盛多。 ⑥ 历历：清楚，分明。 ⑦ 将军坛：南郑城南有拜将坛，相传是汉高祖刘邦拜韩信为大将之处。 ⑧ 丞相祠：指蜀汉丞相诸葛亮的祠庙，在今陕西勉县北。 ⑨ 四纪：古以十二年为一纪，南宋建炎元年（1127）高宗即位后，中原被金人侵占，到乾道八年（1172），已近四纪。 ⑩ 江淮：指长江、淮水一带。吞：吞灭敌人。 ⑪ 会：将。金鼓：金钲（zhēng）和战鼓，古代作战时作为指挥进退和鼓舞士气之用，这里借指宋军。从天下：从天而降。 ⑫ 关中：指陕西。

翻译

我在这山南已经走了三天，
东西向的大路笔直如墨线。
望不尽一马平川千里的沃土，
还有那密密桑林青青的麦田。
地近陕西民气风俗多豪放，
人分两方又踢球又荡秋千。

苜蓿密如云，马蹄多捷健，

杨柳相夹的路上车声入云天。

——站在象征古人兴亡的遗迹面前，

放眼望去，只有那高山大川依然未变。

将军坛上片片寒云低低垂，

丞相祠前暮春斜阳快下山。

中原沦陷至今已有四十多年，

出兵江淮不易把那金兵全歼。

应该把关中作为北伐的基地，

再看我王师如天兵横扫敌顽！

和高子长参议道中二绝(其一)

乾道八年(1172)四月作于南郑。和(hè),和诗。高子长是陆游表叔的女婿,当时也在南郑,任四川宣抚使司参议。高子长道中有诗,陆游于是写了这两首绝句相和。这里选的是第一首。诗人乐观通达,积极进取,并对胜利的前景充满了坚定的信念。

梁州四月晚莺啼①,共忆扁舟罨画溪②。
莫作世间儿女态,明年万里驻安西③。

①梁州:宋代兴元府称梁州,见《宋史·地理志》。 ②扁(piān)舟:小船。罨(yǎn)画溪:溪名,在今浙江省长兴县西,中有罨画亭,是长兴著名的风景区。 ③安西:唐代六大都护府之一,贞观时治所在西州(今吐鲁番东南),统辖今新疆天山以南的广大地区。

翻译

四月梁州的傍晚莺鸟在声声鸣啼，

我和你共想起昔日荡舟在罨画溪。

不要学那世上缠绵情长的小儿女，

待明年收复失地驻军在万里外的安西。

嘉川铺得檄，遂行，中夜次小柏

乾道八年(1172)秋，陆游奉王炎之命从南郑外出巡察，十月，公事完毕，从阆中北返，行到嘉川铺，得宣抚司公文催促，知王炎于九月接到调往临安之命，便急回南郑，归途中写了这首诗。嘉川铺，在今四川广元。檄，公文。中夜，夜半。次，停宿。小柏，在嘉川铺附近。王炎被调往临安，诗人设想的以关中为根本进而收复中原的希望又成泡影，就以悲愤的心情写下了这首诗。

黄旗传檄趣归程①，急服单装破夜行②。
肃肃霜飞当十月③，离离斗转欲三更④。
酒消顿觉衣裘薄，驿近先看炬火迎⑤。
渭水函关元不远⑥，著鞭无日涕空横⑦。

---

① 黄旗：宣抚司使者的旗，此即指使者。趣(cù)：催促。 ② 服：用，准备。单装：简单的行装。 ③ 肃肃：形容飞霜扑面的样子。 ④ 离离：历历，分明。斗：北斗星。 ⑤ 驿：驿舍，指小柏。炬火：火把。 ⑥“渭水”句：当时渭水和函谷关都被金人所攻占。 ⑦ 著鞭：举鞭，指跃马出兵。

翻译

使者传来了命令，

催促我快赶回南郑，

准备了简单行装，

急急忙忙连夜起程。

扑簌簌飞霜拂面，

正是十月的天气；

亮闪闪北斗移动，

已快要到三更时分。

酒意消退，顿觉得，

穿着皮衣也嫌单薄，

快到驿舍，先看到，

有火把正前来接迎。

函谷关和渭水呵，

离南郑本来并不遥远，

可出兵无日，只使我

徒然地泪流纵横！

归次汉中境上

乾道八年(1172)十月，陆游从阆中返回南郑，经过嘉川后，即进入汉中境，这诗就是途中所作。次，停留，停宿。汉中，郡名，在今陕西省南部一带。据《大金国志》和《金史・世宗纪》，这一年，金国灾荒严重，内部发生叛乱，危机四伏，陆游认为这是恢复中原的“良时”。诗中即景生情，处处把山川形胜与光复中原的事业联系在一起，写出了渴望光复国土的心愿和对宋王朝坐失北伐良机的怨愤心情。

云栈屏山阅月游①，马蹄初喜蹋梁州②。

地连秦雍川原壮③，水下荆扬日夜流④。

遗虏孱孱宁远略⑤？孤臣耿耿独私忧。

良时恐作他年恨，大散关头又一秋⑥！

---

① 云栈(zhàn)：即连云栈，在悬崖峭壁险峻处傍山架木筑成的通道，自陕西褒城县北，至凤县东北，长四百二十里。屏山：即锦屏山，在阆中嘉陵江边。阅月：过了一个月。 ② 蹋：踏，踩。梁州：见《和高子长参议道中二绝》(其一)注。 ③ 秦：古秦地，即今陕西。 雍：

古九州之一，在今陕西、甘肃一带。 ④ 水下荆扬：指汉中位于汉水上游，汉水东流入长江，经过荆扬（古九州中的荆州和扬州，诗中是指长江中下游的湖北、江苏等地）入海。 ⑤ 遗虏：残余虏寇，指金人。孱（chán）孱：怯懦。 ⑥ 大散关：在今陕西宝鸡西南，当时南宋与金在西部以大散关为界。一秋：一年。

翻译

连云栈、锦屏山，
一个多月来，我在这一带漫游。
到如今，心欢喜，
马蹄声声中，重又回到了梁州。
这里的土地连接着秦雍，
山川原野是这般雄壮，
滔滔的汉水向着那荆扬，
浩浩荡荡在日夜奔流。
笑那些残存虏寇，怯弱无能，
怎会有远大的谋略？
叹我这茕茕孤臣，耿耿于怀，
独个儿怀藏着深忧。
大好时机一旦丢失，
只怕到他年悔恨不及，
大散关前不见王师，
眼看着一年又到尽头！

剑门道中遇微雨

乾道八年(1172)冬,陆游由王炎的幕府调任成都府路安抚司参议官。这首诗是在赴成都途中经剑门关(在今四川剑阁东北大小剑山之间)时所作。唐代不少诗人都有骑驴吟诗的故事。所以当诗人骑在驴背之上、行于入蜀道中的时候,便有"此身合是诗人未"的发问。而在这表面看来清雅潇洒的一问中,深藏着的却是诗人壮志难酬、心有不甘的感慨怅惘。诗旨含蓄婉曲,寄意深远。

衣上征尘杂酒痕,　远游无处不消魂①。
此身合是诗人未②?　细雨骑驴入剑门③。

① 消魂:这个词含义较丰富,这里大致是使人心迷神动、深有所感的意思。　② 此身:诗人自指。合是:应该是。未:表疑问,用法同"否"。　③"细雨"句:唐代李白、杜甫、贾岛、郑綮(qǐ)等人,都有骑驴作诗的故事。

翻译

衣衫上面，一路上的尘迹夹杂着酒痕，
远游在外，处处风光牵动着我的心魂。
我这辈子是不是只该当个诗人了？
——蒙蒙细雨中，骑一头瘦驴，
进入那雄关剑门。

三月十七日夜醉中作

乾道九年(1173)春，陆游代理蜀州(治所在今四川崇州)通判的职务，不久，因事返成都，这首诗是在驿站中所作，时年四十九岁。诗人先是回顾自己当年脍鲸射虎的豪情壮举；然后转写当今处境的颓唐；接着再重申自己灭胡雄心虽屡经挫折，仍未磨灭；最后则以昏灯破驿、风雨打窗的凄凉景象来烘托报国无门的艰难处境。全篇以豪壮的气概映照深沉的悲凉；以大起大落的笔势，真实生动地传达出了诗人骚动不平的内心情感，具有很强的感染力。

前年脍鲸东海上①，白浪如山寄豪壮。
去年射虎南山秋②，夜归急雪满貂裘③。
今年摧颓最堪笑④，华发苍颜羞自照⑤。
谁知得酒尚能狂，脱帽向人时大叫。
逆胡未灭心未平，孤剑床头铿有声⑥。
破驿梦回灯欲死⑦，打窗风雨正三更。

---

① 脍(kuài)鲸：把鲸鱼肉切碎。绍兴二十九年(1159)陆游在福州任

职时，曾经航海。“脍鲸”是虚写。 ② 射虎：指陆游乾道八年(1172)在南郑军中射虎一事，陆游在诗中曾多处提及。 ③ 貂(diāo)裘：貂皮制成的皮衣。 ④ 摧颓：衰老颓唐。 ⑤ 华发：花白的头发。 ⑥ 铿(kēng)：象声词，形容剑声。 ⑦ 梦回：梦醒。灯欲死：灯将灭。

翻译

记得前年去到东海刺杀巨鲸，
白浪如山寄托我的壮志豪情。
去年秋又到终南山箭射猛虎，
到夜来大雪满貂裘踏上归程。
今年以来身衰体弱最是可笑，
头发花白容颜苍老不愿照镜。
谁知我喝酒后还能狂气勃发，
脱了帽对着人不时大叫连声。
敌人不灭我心里怎能静如古井，
只听见床头宝剑也在殷殷啸鸣。
破驿舍里梦醒时灯火昏昏欲灭，
三更时分卧听打窗的风雨声声。

九月十六日夜梦驻军河外，遣使招降诸城，觉而有作

乾道九年(1173)九月写于嘉州。河外，指黄河以北的金人占领区。招降诸城，招降各城的敌人。觉，醒来。本诗全写梦境，描写宋军将士勇往直前，扫灭敌人，收复失地后万众欢腾的动人情景。全诗洋溢着诗人渴望出师北伐、恢复中原的战斗热情。题中写明“觉而有作”，但并没有写出“觉”后面对现实而产生的悲哀，让人们从满纸欢乐中去体味诗人内心深沉的悲凉，从幻梦中去认识他在现实中难以实现的理想。

杀气昏昏横塞上，东并黄河开玉帐①。昼飞羽檄下列城②，夜脱貂裘抚降将。将军枥上汗血马③，猛士腰间虎文韔④。阶前白刃明如霜，门外长戟森相向⑤。朔风卷地吹急雪，转盼玉花深一丈⑥。谁言铁衣冷彻骨⑦？感义怀恩如挟纩⑧。腥臊窟穴一洗空⑨，太行北岳元无恙⑩。更呼斗酒作长歌，要遣天山健儿唱。

① 并：靠。　玉帐：军中主帅的营帐。　② 羽檄：军用紧急文书，上插鸟羽，以示紧急。下：这里是降服的意思。　③ 枥（lì）：马槽。汗血马：相传是汉时大宛国的一种良马，能日行千里（见《汉书·武帝纪》）。　④ 虎文韔（chàng）：虎皮纹的弓袋。　⑤ 森：森严。⑥ 转盼：转眼之间。　⑦ 铁衣：铠甲。　⑧ 纩（kuàng）：丝绵。如挟纩：如同穿上丝绵衣服那样温暖，比喻将士们受到君王赐予的恩德而感到温暖（典出《左传·宣公十二年》）。　⑨ 腥臊窟穴：指沦陷区敌人所盘踞的巢穴。　⑩ 太行：太行山，在山西高原与河北平原之间。北岳：即恒山，在今河北曲阳西北和山西接壤处。无恙：安好。

翻译

阵阵迷蒙的杀气，横亘在边塞之上，
东靠滔滔黄河，扎起了主帅的营帐。
白天，飞马送军书招降各城的敌部，
晚上，亲解貂皮衣抚慰归服的军将。
将军马棚里拴着大宛汗血名马，
猛士的腰间系上虎纹弓袋一张。
台阶前明晃晃的白刃如霜又如雪，
营门外森然相对着长戟和长枪。
北风卷地而来吹动着纷纷大雪，

转眼之间雪花堆积已深有一丈。
有谁说穿铁衣冷得彻骨又透心?
感恩义心温暖便如穿棉衣一样。
笑金人污秽巢穴被王师一扫空,
看中原依然挺立着恒山和太行!
再让人拿来斗酒,酒后写成长诗,
诗写成要给那天山的健儿高唱!

宝剑吟

乾道九年(1173)九月写于嘉州。诗中将宝剑拟人化,写“幽人”与宝剑的对话。实际上,诗中的宝剑和幽人都是诗人自我形象的化身:诗人借宝剑的殷殷作声来寄托自己希望能远征杀敌的豪情壮慨;借“幽人”的“劝慰”来抒写自己不被信用、壮志难酬的痛苦。后者以反语出之,更显得愤懑不平。全诗构思奇巧,语言通俗,感情浓烈。

幽人枕宝剑[1]**,殷殷夜有声**[2]。
人言剑化龙[3]**,直恐兴风霆!**
不然愤狂虏, 慨然思遐征[4]。
取酒起酹剑[5]**:至宝当潜形。**
岂无知君者, 时来自施行。
一匣有余地[6]**,胡为鸣不平**[7]?

---

① 幽人:隐居的人,这里是作者自指。 ② 殷殷:响声。 ③“人言”句:古代传说,晋代雷焕在丰城得到一对宝剑,一名龙泉,一名太阿,送一支给张华,另一支自己佩带。后来张华被诛,他的宝剑也就

不见了。雷焕死后，他的儿子带着他留下的宝剑走过延平津（今福建南平），宝剑忽然从腰间跳出掉进水里，只见两条龙，各长数丈，一会儿，光彩照人，波浪翻天，原来两条龙是两支宝剑变的。见《晋书·张华传》。 ④ 遐（xiá）：远。 ⑤ 酹（lèi）：把酒倒在地上作祭。 ⑥ 匣：剑匣。 ⑦ 胡为：为什么。

翻译

隐居者晚上枕着宝剑入眠，
到深夜它发出殷殷的啸鸣。
人们说宝剑能够化作飞龙，
只怕它还会兴起风暴雷霆！
再不然就是恨敌寇猖狂，
气昂昂想要去杀敌远征。
取杯酒起身来祭我宝剑：
是珍宝便该要隐迹藏形。
这世间难道真无你的知音？
时机到自会让你施展本领。
剑匣中已有你活动的余地，
为什么还发出不平的鸣声？

观大散关图有感

本诗是乾道九年(1173)十月，陆游在嘉州看了宋与金交界的要塞地图——大散关图后作。面对一幅边境地图，诗人的思绪如滔滔江水，联翩而下，由大散关一带山河的雄壮、志士的忠义联想到尽复失地、北伐胜利的情景；进而更描绘了一幅胜利后重建旧都、中兴国家的蓝图。就在这豪兴遄飞、神驰万里之际，结尾两句却笔锋陡转，由幻想跌落到现实之中，与前面的描写形成强烈对比。诗虽戛然而止，我们却可以从那不绝的余音中去体察诗人激荡不平的内心情感。

上马击狂胡[1]，下马草军书。二十抱此志，五十犹癯儒[2]。大散陈仓间[3]，山川郁盘纡[4]。劲气钟义士[5]，可与共壮图[6]。坡陁咸阳城[7]，秦汉之故都[8]。王气浮夕霭[9]，宫室生春芜[10]。安得从王师[11]，汛扫迎皇舆[12]？黄河与函谷，四海通舟车。士马发燕赵[13]，布帛来青徐[14]。先当营七庙[15]，次第画九衢[16]。偏师缚可汗[17]，倾都观受俘[18]。上寿大安宫[19]，复如正观初[20]。丈夫毕此愿，死与蝼蚁

殊[21]。志大浩无期，醉胆空满躯。

---

① 狂胡：指金人。 ② 臞（qú）儒：瘦弱的书生。臞：瘦。 ③ 陈仓：在今陕西宝鸡西南。 ④ 郁：草木茂盛的样子。 盘纡：盘旋曲折。⑤ 钟：凝聚。 ⑥ 壮图：宏伟的计划。 ⑦ 坡陁：高低不平。咸阳：今陕西咸阳。 ⑧“秦汉”句：咸阳是秦代都城，西汉都城在长安，与咸阳相距不远。 ⑨ 王气：帝王之气。古代迷信的说法，认为帝王所在地之上，有一种能兆示盛衰运数的云气。霭（ǎi）：烟雾。⑩ 春芜：指春天野草丛生，一片荒芜。 ⑪ 王师：王者之师，指南宋军队。 ⑫ 汛扫：洒水打扫。皇舆：皇帝的车驾。 ⑬“士马”句：燕赵自古多慷慨悲歌之士，又盛产良马，所以这样说。 ⑭ 青徐：青州和徐州，古州名。青州在今山东，徐州在今山东南部、江苏西北部和安徽东北部。 ⑮ 营：营造，建筑。七庙：古代天子有七座祖庙。⑯ 次第：依次，挨次。 画：同“划”，规划，修筑。 九衢（qú）：四通八达的大路。 ⑰ 偏师：旧指协助主力部队作战的侧翼部队。可汗（kè hán）：古代北方民族称他们的首领叫可汗，这里指金主。⑱ 受俘：受降。 ⑲ 上寿：进酒庆贺。大安宫，唐代长安城有大安宫，这里借指宋朝的宫殿。 ⑳ 正观：即贞观，唐太宗年号（627—649）。宋人避宋仁宗赵祯的名讳，改“贞”为“正”。贞观时期是唐朝的全盛时期，史称“贞观之治”。 ㉑ 蝼蚁：蝼蛄和蚂蚁，比喻渺小的东西。此句是说即使死了也值得，与渺小的蝼蚁之死绝不相同。

翻译

飞身上马前去奋击猖狂的胡虏，
下得马来又忙草拟军中的文书。
——二十岁时就有这样的雄心大志，
五十岁了不料还是个瘦弱穷儒！
大散关和陈仓间有壮丽的山川，
河流弯曲盘旋呵山上草木扶疏。
义士身上凝聚一股刚劲的气概，
可同他们一起去实现伟业宏图。
咸阳古城周围的地势高低起伏，
这一带曾经是秦汉两代的故都。
如今帝王气象混杂在雾霭之中，
从前的宫室满是一片春草荒芜。
怎样才能跟随着王师出征北伐，
扫清道路好迎接君王回到故土。
函谷关和黄河一带成了太平地，
四面八方车船往来畅通无拦阻。
士兵良马从燕赵地区挑选而来，
布绸是打青州徐州运来的货物。
重建京城先要营造君王的祖庙，

再依次来修筑四通八达的街路。
派遣的一支队伍捉住了金国国主，
观看受降仪式京中人倾城而出。
宫廷里举杯进酒庆贺北伐胜利，
要把贞观间繁盛景象重新恢复。
大丈夫哪天能够实现这个心愿，
便是死了一生也就没空空虚度。
志向远大要实现却是渺茫无期，
醉酒后一身是胆也是空无用处！

金错刀行

乾道九年(1173)十月作于嘉州。诗人先借物抒怀,兴功名未就之叹,然后表达了自己赤诚报国的决心和抗金事业必胜的信念。诗用歌行古体,自创新题;韵脚四句一换,以适应诗篇内容的变化,前后层层相扣,感情愈转愈强;至末两句出现了疑问词、感叹词和参差不齐的长短句,读来更觉大声镗鞳、顿挫激昂。整首诗写得奔放豪壮,气韵沉雄。

黄金错刀白玉装①,夜穿窗扉出光芒②。丈夫五十功未立③,提刀独立顾八荒④。京华结交尽奇士⑤,意气相期共生死。千年史策耻无名⑥,一片丹心报天子。尔来从军天汉滨⑦,南山晓雪玉嶙峋⑧。呜呼!楚虽三户能亡秦⑨,岂有堂堂中国空无人!

---

① 错:镶嵌。装:装饰。 ② 窗扉(fēi):窗户。 ③“丈夫”句:陆游写此诗时四十九岁,五十是举其整数。 ④ 八荒:四面荒远之地。 ⑤ 京华:京都,指南宋都城临安。 ⑥ 史策:史册。 ⑦ 尔来:近

来。尔通“迩”，近。 ⑧ 南山：终南山，秦岭主峰之一。嶙峋（lín xún）：山石突兀重叠的样子。 ⑨“楚虽”句：战国时，楚国受到秦国的外交欺骗和武力吞并，楚怀王客死秦国，终至于国亡。楚国人民怀念故国和君王，所以流传着“楚虽三户，亡秦必楚”的谚语。见《史记·项羽本纪》。

翻译

白玉装饰的刀柄，黄金镶嵌的刀身，
夜来，那刀光寒气森森直透出窗棂。
可叹我凛凛男儿，到五十未建功勋，
提刀独立，远望那四野苍茫，心中难平！
京都结交的朋友，都是些英豪才俊，
意气相投互勉互励更誓同死生。
可耻的是千年史册上默默无名，
报效君国我有那忠心一片赤诚！
近来我从军来到汉水边，
清晨，雪后的南山怪石嶙峋、玉般晶莹。
呵！楚国即使只剩了三家，照样能够灭秦，
却怎说我堂堂中国会空无一人！

胡无人

乾道九年(1173)冬作于嘉州。胡无人,乐府古题,属瑟调曲。诗人巧妙地从这个乐府古题的字面含义入手,展开自己幻想的翅膀,用浓墨重彩讴歌了想象中的叱咤风云的“丈夫”形象,从中抒发了诗人献身恢复事业的壮志豪情。

须如猬毛磔[1],面如紫石棱[2]。丈夫出门无万里,风云之会立可乘[3]。追奔露宿青海月,夺城夜蹋黄河冰。铁衣度碛雨飒飒[4],战鼓上陇雷凭凭[5]。三更穷虏送降款[6],天明积甲如丘陵。中华初识汗血马[7],东夷再贡霜毛鹰[8]。群阴伏[9],太阳升;胡无人,宋中兴!丈夫报主有如此,笑人白首篷窗灯。

---

① 磔(zhé):张开。 ② 棱:威势。晋代刘惔曾说桓温眼如紫石棱,须作猬毛磔。见《晋书·桓温传》。 ③ 风云之会:风云遇合,指最难得的机会。立可乘:立即可以乘此机会。 ④ 铁衣:这里指穿铠甲的战士。度:穿过。碛(qì):沙石。飒(sà)飒:风雨声。 ⑤ 陇:

陇山，在陕西、甘肃两省交界处。凭凭：雷声。　⑥ 降款：降书。⑦ 汗血马：见《九月十六日夜梦驻军河外，遣使招降诸城，觉而有作》注。　⑧ 东夷：古时称我国东部民族。霜毛鹰：毛白如霜的鹰。唐时东部民族曾以这种鹰类进贡。　⑨ 群阴：指敌人。

翻译

胡须如刺猬毛奋张怒起，
脸膛像紫石般威风凛凛。
大丈夫出得门去，怕什么万里遥遥，
一遇到风云遇合，马上能建功立名。
追击逃敌，我们露宿在那青海的月下，
攻占城池，我们连夜踏过黄河的坚冰。
金盔铁甲，潇潇风雨中穿过沙石荒滩，
登上陇山，声声战鼓恰似那隆隆雷鸣！
三更夜半，穷途的敌人送来了投降的文书，
黎明时分，无数的兵甲堆积如高高的丘陵。
中原人刚刚识得西域献来的汗血马，
东边各族又送来如霜一般的白毛鹰。
群敌尽臣服，旭日东边升；
胡虏人才尽，大宋又复兴！
——堂堂男儿报君王，便应有这等的豪气，
可笑有人篷窗下，对青灯虚度了一生。

晓叹

孝宗淳熙元年（1174）夏写于代理蜀州通判的任所，陆游时年五十岁。诗中描写在一个普普通通的清晨，诗人醒来就立即想起那些长期郁结在心的情事：先是回顾了南宋偏安一隅近五十年来的国家局势和诗人自身遭受打击的经历，接着遥想北方被占领地区国土的残破景象；最后想到北方人民反抗强暴的斗争精神。全诗反映了陆游切望收复失地的强烈愿望。

一鸦飞鸣窗已白，　推枕欲起先叹息。
翠华东巡五十年[①]**，　赤县神州满戎狄**[②]**。**
主忧臣辱古所云[③]**，　世间有粟吾得食！**
少年论兵实狂妄，　谏官劾奏当窜殛[④]**。**
不为孤囚死岭海[⑤]**，　君恩如天岂终极。**
容身有禄愧满颜，　灭贼无期泪横臆[⑥]**。**
未闻含桃荐宗庙[⑦]**，　至今铜驼没荆棘**[⑧]**。**
幽并从古多烈士[⑨]**，　悒悒可令长失职**[⑩]**？**
王师入秦驻一月[⑪]**，　传檄足定河南北。**
安得扬鞭出散关，　下令一变旌旗色[⑫]**！**

① 翠华:古代一种以翠鸟羽毛作装饰的旗帜,用作皇帝的仪仗,这里指皇帝的车驾。东巡:帝王到东方巡行。翠华东巡:指建炎元年(1127)十月,宋高宗赵构自南京(今河南商丘)逃往扬州,建炎三年(1129)逃往临安。从建炎元年到淳熙元年已四十八年,五十年是举其整数。 ② 赤县神州:中国,战国时邹衍称九州之地为"赤县神州"(见《史记·孟子荀卿列传》),这里指中原地区。戎狄:此指金人。 ③"主忧"句:封建社会中认为君主有忧虑,是臣下没有尽责,所以应感到耻辱,语见《史记·平准书》。 ④"少年"两句:乾道二年(1166),陆游任隆兴府通判时,主和派弹劾他"力说张浚用兵"(《宋史·陆游传》),于是被罢归山阴。窜殛(jí):流放和杀戮。 ⑤ 岭海:从五岭到海南,今广东、广西一带,宋代获罪官吏常被放逐到这里。 ⑥ 臆:胸。 ⑦ 含桃:樱桃。荐:进献。古代君主每年四月用樱桃在祖庙中祭祀祖先(见《礼记·月令》)。当时东西二京都被金人占领,故不能按常规祭祀。 ⑧ 铜驼没荆棘:宫门外的铜驼没于蓬蒿乱草之中,指京城陷没后的荒芜景象。典出《晋书·索靖传》。 ⑨ 幽、并:古州名,今辽宁、河北及山西北部一带。烈士:有雄心壮志、视死如归的人。 ⑩ 悒(yì)悒:忧愁不乐。失职:指不能发挥作用。 ⑪ 秦:指关中,相当于今陕西省中南部。 ⑫ 一变旌旗色:指用宋旗代替金旗。

翻译

一只乌鸦在飞鸣，窗外亮了半边，
推开枕头想起身，先自声声长叹。
想先王车驾南渡至今已近五十年，
到今天金人还占着我国的中原。
古人说君王有忧是臣子的耻辱，
国难当头我有饭食也难以下咽！
年轻时妄谈军事不知天高地厚，
遭到谏官弹劾就该被杀或放逐。
没成为一个孤囚死在五岭海南，
内心里常感念君恩的浩荡无边。
有官职供我存身使我满面羞惭，
灭贼寇渺渺无期不禁泪落胸前。
如今天子无法到宗庙祭祀祖先，
只听说故都铜驼埋没乱草之间。
幽州并州古来有多少豪杰壮士，
怎可久使他们无事可干、愁闷无欢？
只要王师攻入陕西驻扎一个月，
一道文告便可收复河北和河南。
怎能够一声令下跃马冲出大散关，
拔去敌旗换上了宋军的旌旗招展！

秋声

淳熙元年(1174)秋初作于蜀州。秋天来临,诗人由喜闻秋声想到打猎练武,由打猎练武想到驰骋疆场,又进而联想到北定中原的壮丽图景。全诗一反古代骚人墨客悲秋的陈辞老调,唱出了慷慨昂扬的励志高歌。

人言悲秋难为情①,我喜枕上闻秋声。
快鹰下鞲爪觜健②,壮士抚剑精神生。
我亦奋迅起衰病③,唾手便有擒胡兴④。
弦开雁落诗亦成, 笔力未饶弓力劲⑤。
五原草枯苜蓿空⑥,青海萧萧风卷蓬。
草罢捷书重上马, 却从銮驾下辽东⑦。

---

① 悲秋:指秋天使人伤感。战国时诗人宋玉曾说秋天的肃杀之气使人伤悲(见《楚辞·九辩》)。难为情:难以控制感情。 ② 鞲(gōu):养鹰者臂上所戴的皮套。觜:同“嘴”。 ③ 奋迅:精神振作,行动敏捷。起:这里指病愈。 ④ 唾(tuò)手:劳动者在手掌上吐唾液的动作,这里有摩拳擦掌的意思。 ⑤ 未饶:不让,不亚于。 ⑥五原:汉时郡名,在今内蒙古自治区西南。苜蓿:见《山南行》注。 ⑦ 却:

再。銮（luán）驾：帝王的车驾。辽东：古郡名，在今辽宁省东南部，当时是金人的心脏地区。

翻译

人们都说逢秋伤怀难以控制感情，
我却喜欢夜来枕边听那肃杀秋声。
雄鹰离了臂套嘴爪分外健厉，
壮士手抚宝剑便会十分精神。
我也振作奋起呵，衰病跑得没影，
摩拳擦掌，顿生擒获敌人的豪兴。
弓弦张开应声雁落诗篇便也写成，
笔力深透一点不亚于弓力的遒劲。
五原郡秋草枯黄不见连云的苜蓿，
青海边萧萧秋风卷起飘转的飞蓬。
起草完捷报呵，飞身又跨上战马，
再跟着君王车驾，前去远征辽东！

观长安城图

淳熙元年(1174)七月作于蜀州。长安,今属陕西西安,汉、唐等朝都在这里建都,当时被金人占领。据南宋赵彦卫《云麓漫钞》卷八记载,宋代有《长安图》,为北宋时吕大防命人所测绘。一幅小小的地图,却勾引得诗人神思万里,追忆起自己乾道八年从军南郑时的情景,想到自己献身报国的坚定决心、金人内部的怯懦孱弱、三秦父老的殷殷企盼,字里行间透露出诗人对南宋当局无意进取的深深失望。

许国虽坚鬓已斑①,山南经岁望南山②。
横戈上马嗟心在, 穿堑环城笑虏孱③。
日暮风烟传陇上④,秋高刁斗落云间⑤。
三秦父老应惆怅⑥,不见王师出散关。

① 许国:献身祖国。 ② 山南:终南山之南,指南郑。经岁:一年,指陆游在南郑的那一年(乾道八年)。南山:即终南山,这里借指长安。 ③ 穿堑(qiàn)环城:陆游自注:据探子说,敌人绕着长安城开凿了里外三条护城壕沟。堑:护城壕沟。 ④ 风烟:烽烟,这里指平

安火。古时边塞之地大约三十里设一报警点，每日初夜，放火一炬以报平安，称平安火。 ⑤ 刁斗：古代军中用具，铜质，白天可以烧火做饭，晚上用来敲更报时。 ⑥ 三秦：指今陕西一带地方。秦亡后，项羽曾把秦地分为三部分，故称三秦。

翻译

以身报国的决心虽坚，
鬓发却先已斑斑，
我在山南曾凝望南山，
凝望了整整一年！
叹我空有横戈跃马的雄心，
何日里能得实现？
笑那绕城挖壕的敌虏，
生就了一副鼠胆。
如火的斜阳里，传来了
陇上报平安的烽烟，
秋日的清空中，刁斗声
一声声响彻在云间。
关中的父老们呵，一天天
忧伤失望、双眼望穿，
望穿双眼呵，望不到
王师开出大散关！

长歌行

淳熙元年(1174)九月,陆游离蜀州通判任,回成都,客居僧寺多福院,作此诗。长歌行,乐府古题,属平调曲。诗中抒写了诗人平生的理想和抱负,以及理想无由实现的悲愤;最后对驱逐金人、尽复失地的令人神往的情景作了热切的憧憬。全诗感情热烈充沛,气势豪迈奔放,一如长江出峡、骏马奔驰,是陆诗中独具风格的抒情佳作。

人生不作安期生[①],醉入东海骑长鲸。犹当出作李西平[②],手枭逆贼清旧京[③]。金印煌煌未入手[④],白发种种来无情[⑤]。成都古寺卧秋晚[⑥],落日偏傍僧窗明[⑦]。岂其马上破贼手[⑧],哦诗长作寒螀鸣[⑨]?兴来买尽市桥酒[⑩],大车磊落堆长瓶[⑪]。哀丝豪竹助剧饮[⑫],如巨野受黄河倾[⑬]。平时一滴不入口,意气顿使千人惊。国仇未报壮士老,匣中宝剑夜有声。何当凯还宴将士,三更雪压飞狐城[⑭]!

① 安期生：传说中的古代仙人，居东海蓬莱仙山。 ② 李西平：唐李晟(shèng)，陇西临洮人，封西平郡王。唐德宗时，曾平定朱泚(cǐ)的叛乱，收复长安。 ③ 枭(xiāo)：斩首悬挂。旧京：指唐京城长安。 ④ 煌煌：光彩闪烁的样子。 ⑤ 种种：头发稀短的样子，指人衰老了，语出《左传·昭公三年》。 ⑥ 古寺：指多福院僧寺，诗人同时有《客多福院晨起》诗可证。 ⑦ 偏傍：偏偏靠近。 ⑧ 岂其：表示反诘语气。 ⑨ 哦诗：吟诗。寒螀(jiāng)：即寒蝉。 ⑩ 市桥：在成都旧城西南。 ⑪ 磊落：众多错落的样子。长瓶：指酒瓶。⑫ 哀丝豪竹：指悲壮的音乐。丝：弦乐器。竹：管乐器。剧饮：豪饮。⑬ 巨野：古湖名，在今山东巨野境内，古时黄河决口，冲入巨野。⑭ 飞狐城：在今河北涞源，当时被金人占领。

翻译

人生一世不学那仙人安期生，
醉入东海骑着长鲸避世遁隐。
应当在世上学那李西平，
亲手斩杀逆贼光复长安旧京。
如今，明煌煌金印没有到我手，
白头发却已无情地爬上两鬓。
秋日的傍晚，困躺在成都古寺，
僧房窗外，日将西落，偏又照得通明。

难道像我这马上击贼的身手，
便只能低吟浅唱，老学那蝉的悲鸣？
兴致来时，买光市桥所有的美酒，
大车上，高高低低，全堆满了酒瓶。
奏起悲壮的音乐，助我尽情地痛饮，
就像滔天黄河水，倾入了巨野湖中！
都知我平日滴酒不沾，
此刻豪饮的气概，使多少人失色大惊！
国仇至今未报呵，壮士却已经老迈，
惟有那鞘中宝剑，依旧在夜夜啸鸣！
什么时候呵，能在雪夜的飞狐城里，
同凯旋的三军将士欢宴狂庆！

涉白马渡慨然有怀

淳熙元年(1174)十月,陆游离成都去荣州(州治在今四川省荣县)代理知州,先作青城之行(青城山在今四川都江堰西南),路经白马渡,作此诗。涉,渡。白马江在蜀州东十里,流经新津县界。诗人由一个相同的地名而兴起感怀,想到黄河边古代英雄会战的地方如今竟成了异族横行的场所,心情不胜悲愤和酸辛。

我马顾影嘶①,　　忽涉白马津。
虽非黄河上②,　　抚事犹悲辛③。
太行之下吹虏尘,　燕南赵北空无人④。
袁曹百战相持处⑤,犬羊堂堂自来去⑥。

---

① 嘶:马叫。 ②“虽非”句:黄河故道边也有白马津,又名黎阳津、鹿鸣津,在今河南滑县北。 ③ 抚事:追念往事。 ④ 太行之下、燕南赵北:均代指被金人占据的广阔的中原地区。吹虏尘:指敌骑横行,激起黄土飞扬。空无人:指当年金兵南犯时宋朝统治集团逃遁一空。 ⑤ 袁曹百战:东汉末,曹操与袁绍曾在黄河边的白马津激战,袁绍进军黎阳,派颜良攻刘延于白马,曹操派张辽、关羽击破

袁军，斩颜良，解白马围。 ⑥ 犬羊：指金人。堂堂：大模大样、毫无顾忌的样子。

翻译

我的坐骑望着自己身影不住嘶鸣，
忽然来到了河边，要渡过白马津。
白马津呵，你虽不是黄河边的那个古渡，
同名引起我的联想，心中涌起了阵阵酸辛。
想当年金人南犯，太行山下，激起漫天飞尘，
燕南赵北，长驱直入，如入无人之境。
白马津呵，你古代英雄激烈鏖战的地方，
如今却听凭金人自由去来，肆意横行！

平羌道中望峨眉山慨然有作

本诗是淳熙元年(1174)十月,陆游赴荣州(州治在今四川荣县)途经平羌望峨眉山而作。平羌,宋时镇名,在嘉州州治北四十里,旧为平羌县。峨眉山,在嘉州西,山势巍峨,峰峦挺秀,是我国名山之一。在蜀中,陆游因自己的抗战主张并未受到重视,曾多次产生思乡归隐的念头。但当诗人看到峨眉的秀奇风光,想到祖国的大好河山,他那种奋发进取的积极精神便战胜了"屏迹"退隐的消极情绪,表示还要乘风破浪前进,为国家做一番事业。

白云如玉城,　翠岭出其上①。
异境忽堕前②,　心目久荡漾。
别来二百日③,　突兀喜亡恙④。
飞仙遥举手⑤,　唤我一税鞅⑥。
此行岂或使⑦,　屏迹事幽旷⑧?
何必故山归⑨,　更破万里浪⑩!

---

① 翠岭:苍翠的峰峦,指峨眉山。　② 堕:降落,这里是显现的意思。　③"别来"句:嘉州州治在乐山,离峨眉不远。陆游离开嘉州

在本年三月。这次赴荣州途经平羌，在十月，所以说和峨眉山别来已有二百日。 ④ 亡(wú)恙：无恙，安好。 ⑤ 飞仙：传说中的仙人葛由。据说葛由骑羊进入四川，蜀中王侯贵人随他登上峨眉山西南的绥山，都飞升成仙。见《列仙传》。 ⑥ 税：解脱，放置。鞅：套在马颈或马腹上的皮带。税鞅：指下马休息。 ⑦ 或使：有人指使。 ⑧ 屏迹：隐匿。幽旷：幽深空旷的地方，指深山峻岭之中。 ⑨ 故山归：归故山。 ⑩ “更破”句：南朝刘宋时宗悫(què)年少时，叔父问他的志向，他说：“愿乘长风破万里浪。”见《宋书·宗悫传》。

翻译

白云堆叠望去像一座玉砌的城楼，
峨眉翠峰还要高出在白云的上头。
奇异的境界突然出现在我的面前，
眼望美景心波荡漾久久不能停休。
离开嘉州和你分手已有二百来天，
再次相会心中欢喜山势突兀依旧。
隐隐似见飞仙葛由向我远远招手，
叫我下马歇息和他一起同游。
此番前来莫非有人在那暗中指点，
隐迹山林不再问尘世的喜乐悲愁？
——何必要在这个时候回到故山遁隐？
我还要继续前行冲破万里的急流！

花时遍游诸家园（其二）

淳熙三年(1176)二月，陆游在成都任成都府安抚司参议官兼四川制置使司参议官时写了此诗，时年五十二岁。诸家园包括燕王旧宫所在的张园、碧鸡坊的王园、赵园、施园、范园等，都以海棠著名。成都海棠号称“天下奇艳”，陆游曾为它作诗多首。此诗以七绝写成，共十首，主要写海棠，这里选的是第二首。诗人通过向玉帝“乞借春阴”的奇想，深切巧妙地表达了自己的爱花惜花之情，是陆游许多海棠诗中的名篇。

为爱名花抵死狂①，只愁风日损红芳。
绿章夜奏通明殿②，乞借春阴护海棠。

---

① 抵死：分外，格外。 ② 绿章：即青词，用朱字写在青藤纸上，是道士上告天帝的表章。通明殿：道教认为，天上玉皇所居的大殿，光明通彻，所以叫通明殿。

翻译

我爱这天下名花简直是分外地迷狂，
怕只怕狂风烈日损毁她的芳容红妆。
到夜来一纸青词向通明殿玉帝启奏，
求借得阴云天气庇护我娇艳的海棠。

过野人家有感

淳熙三年(1176)三月作于成都。其时陆游已被免去成都府安抚司参议官兼四川制置使司参议官之职,但仍居成都。过,过访。野人家,田野农家。诗人在免官后探访农家,因而怀念起自己的家乡,产生了归田的念头。但诗人以诸葛亮自比,则寓含了怀才不遇的感慨。

纵辔江皋送夕晖①,谁家井臼映荆扉②?
隔篱犬吠窥人过,满箔蚕饥待叶归③。
世态十年看烂熟,家山万里梦依稀④。
躬耕本是英雄事⑤,老死南阳未必非⑥!

① 纵辔(pèi):指纵马奔驰。辔:马缰。江皋(gāo):江边。 ②臼(jiù):舂米的器具。荆扉:柴门。 ③ 箔(bó):养蚕用的竹筛子或竹席,也叫蚕帘。叶:桑叶,作者自注:"吴人直谓桑曰叶。" ④ 依稀:仿佛,不太真切的样子。 ⑤ 躬:亲身。 ⑥ 南阳:古郡名,治所在今河南南阳。诸葛亮曾在此隐居躬耕。

翻译

纵马奔驰在江边，
送走了落日的余晖，
那是谁家的井臼，
掩映着寂静的门扉？
隔着篱笆见有人走过，
狗儿汪汪地叫个不停，
满席的蚕儿饥饿待食，
正等着主人采桑来归。
十年光阴呵，我已经
把人情世态都看个透熟；
睡梦依稀呵，常梦见
万里外家乡的草木山水。
亲身耕种本来是
英雄所干的事情，
便是老死在南阳，
难道就不是豪杰所为？

病起书怀(其一)

淳熙三年(1176)四月作于成都。陆游在被免官后病了二十多天,病愈后写了此诗,共二首,这里选的是第一首。诗人想到自己一生屡遭挫折,壮志难酬,而年已老大,自然有着深深的慨叹和感伤;但他在诗中说一个人盖棺方能论定,表明诗人对前途仍然充满着希望。“位卑未敢忘忧国”成了后世许多忧国忧民的寒素之士用以自警自励的名言。

病骨支离纱帽宽①,　孤臣万里客江干②。
位卑未敢忘忧国,　事定犹须待阖棺③。
天地神灵扶庙社④,　京华父老望和銮⑤。
《出师》一表通今古⑥,夜半挑灯更细看。

① 支离:形容病后瘦损的样子。 ② 江干:江岸,江指岷江。 ③“事定”句:意思是说人到死后,才有正确的结论,即通常说的“盖棺论定”。典出《晋书·刘毅传》。阖:盖上。 ④ 庙社:宗庙社稷,指国家。 ⑤ 京华:京都,指北宋京都汴京。和銮(luán):皇帝车马上的铃,借指皇帝的车驾。 ⑥ 出师一表:蜀汉建兴五年(227),丞

相诸葛亮屯军汉中，以图中原，临出师前给后主刘禅写的奏表，即《出师表》。

翻译

病后剩下一把嶙峋瘦骨，
纱帽也显得松宽，
离家万里的茕茕孤臣
客居在岷江岸边。
地位低贱，可是又怎敢
忘记了忧民忧国？
功过是非，要等到死后
才会有公正评判。
天地间的众位神灵呵，辅佐着
大宋朝的宗庙社稷，
京城里的父老乡亲呵，一天天
把君王的车驾苦盼！
一篇《出师表》呵，把古今
多少忠臣的赤心相连，
深夜里挑亮了昏灯，细细地
看了一遍又是一遍！

万里桥江上习射

淳熙四年(1177)正月作于成都,陆游时年五十三岁。万里桥,在成都城南二里锦江上,古代蜀人入吴,都取道于此。三国时蜀费祎(yī)奉使入吴,诸葛亮送行至此,费祎说:“万里之路,始于此桥。”桥因此得名。据《续资治通鉴》卷一四五载,这一年正月孝宗有诏:“自今内外诸军,岁一阅试。”“沿江诸军,岁再习水战。”本诗描写了诗人观看万里桥一带江上演练的情景,以及由此而生发的感想。全诗始终扣住一个“射”字,写景叙事抒情议论紧密结合,写得豪壮健拔,意气昂扬。

坡陇如涛东北倾①,胡床看射及春晴②。

风和渐减雕弓力③,野迥遥闻羽箭声④。

天上欃枪端可落⑤,草间狐兔不须惊。

丈夫未死谁能料? 一笴他年下百城⑥。

---

① 坡陇:起伏不平的坡地。 ② 胡床:交椅,因由外国传入,所以叫胡床。及:赶上。 ③ 雕弓:雕画彩纹的弓。渐减雕弓力:古代的角弓,用胶粘结兽角而成,春天气候转暖,天气潮湿,粘结力受影响,所

以弓力就减弱了。 ④ 迥(jiǒng):远。 ⑤ 欃(chán)枪:彗星。古人认为欃枪出现,则天下有兵乱,这里是以射落欃枪比喻驱逐金人,收复失地。端:真正。 ⑥ 笴(gě):箭杆,代指箭。

翻译

高低不平的坡地,如起伏的波涛,
向东北方向斜倾,
在这晴朗的春天,我坐在交椅上,
看将士射箭练兵。
风和日暖,
稍稍减弱了角弓的力量;
旷野远处,
依旧听到了羽箭的啸鸣。
奋起了神威呵,
天上的彗星也能射下,
草间的狐兔呵,
用不着慌乱吃惊。
大丈夫只要不死,
谁能料定我再无作为?
他年若能施展身手,
一箭攻下它百座坚城!

关山月

淳熙四年(1177)初春作于成都。关山月，乐府古题，属横吹曲，前人多用以写边地征战之苦和离别相思之情。陆游则扩大了它的表现内容，写了将军的临边不战、酣歌醉舞；士兵的蹉跎年华、暴骨沙场；遗民的心怀故国、忍死苦盼，从而抨击了南宋当局向金人屈辱求和的政策。诗篇借题立意，构想巧妙，写的是“关山”内外三种人在“月”下的不同境况和心情，而在这映照全篇的清寒月色之中，贯注了诗人沉痛悲愤的心情。

和戎诏下十五年①，将军不战空临边。
朱门沉沉按歌舞②，厩马肥死弓断弦。
戍楼刁斗催落月，　三十从军今白发。
笛里谁知壮士心③？沙头空照征人骨。
中原干戈古亦闻④，岂有逆胡传子孙？
遗民忍死望恢复⑤，几处今宵垂泪痕！

---

① 和戎诏：隆兴元年(1163)十一月，宋孝宗下诏，以和戎、派遣使者等大事，交朝臣议论。次年派使者到金，进行议和，订立了所谓的

“隆兴和议”。十五年：自隆兴元年诏议讲和，到陆游写这首诗的时候，正好十五年。 ② 朱门：豪门贵族的宅第，用红色涂漆大门。沉沉：深远的样子。按：打节拍。 ③ 笛里：唐代用笛吹奏《关山月》曲（王昌龄《从军行》“更吹羌笛《关山月》”），所以说“笛里”。 ④ 干戈：古代的两种兵器，这里借指战争。 ⑤ 遗民：沦陷区的宋朝百姓。

翻译

与金人议和的诏书，下达了十五年整，
将军们按兵不动，白白地临守边庭。
朱红门里庭院深深，一派轻歌曼舞，
牲口棚中战马肥死，弓弦断了几根。
多少夜呵，岗楼上刁斗声声催着月儿西沉，
多少人呵，三十岁从军如今却已霜染两鬓。
笛声悠悠，有谁知它在诉说着战士的心曲，
明月皎皎，徒然照着牺牲的战友尸骨纵横！
自古就听说中原曾有过战事发生，
但哪有胡寇世代盘踞传子又传孙？
沦陷区人民拼死苦盼恢复我中原，
月儿呵，今夜你照着了多少人的泪眼盈盈！

楼上醉书

淳熙四年(1177)春作于成都。全诗围绕着一个“醉”字来命题谋篇。前八句,写自己平生志向远大,但年华虚度,宏图难展,暗中点出自己求“醉”的社会原因;中间四句便自然转到了描写狂饮博戏的举动;后四句诗意再次翻跌,写自己在“醉”中并没有遗忘国事。全诗感情波澜起伏,气势跌宕开合,淋漓尽致地抒写了诗人的爱国热情。

丈夫不虚生世间, 本意灭虏收河山。
岂知蹭蹬不称意①, 八年梁益凋朱颜②。
三更抚枕忽大叫, 梦中夺得松亭关③!
中原机会嗟屡失, 明日茵席留余潸④。
益州官楼酒如海⑤, 我来解旗论日买⑥。
酒酣博簺为欢娱⑦, 信手枭卢喝成采⑧。
牛背烂烂电目光, 狂杀自谓元非狂⑨。
故都九庙臣敢忘⑩? 祖宗神灵在帝旁。

① 蹭蹬(cèng dēng)：失意，遭挫折。 ② 梁益：梁州和益州，即今陕西南部和四川一带地方。陆游自乾道六年(1170)入川后，先后在夔州、南郑、成都等地任职，到写诗时已经八年了，所以称为“八年梁益”。凋：凋零。朱颜：青春容颜。 ③ 松亭关：今属河北迁安，当时是金人的军事要地。 ④ 茵席：床上的席垫。潸(shān)：流泪的样子，此指泪痕。 ⑤ 益州：这里指成都。官楼：宋代实行酒类专卖，官楼即指出卖官酒的酒楼。 ⑥ 旗：酒旗。解旗论日买：解下酒旗，包下一天的买卖，这是夸张的说法。 ⑦ 簺(sài)：古代的一种棋戏，行棋相塞，所以叫“簺”。博簺：偏义复词，这里专指博戏。 ⑧ 枭(xiāo)卢：古代的一种博戏，以五木为子，博头刻有枭、卢、雉、犊、塞以为胜负之彩，其中以枭为最胜，卢为次胜。抛骰子时，赌客口呼“枭卢”，希望得采获胜。 ⑨烂烂：光明的样子。牛背目光：《世说新语・雅量》记载，晋代王衍曾托人办一件事，那人失信没办，王衍问他，那人恼羞成怒，举起酒杯掷在王衍的脸上。王衍不说一句话，后来在回家的车上，他对别人说：“汝看我目光，乃出牛背上。”这是写王衍器量大，不与人计较小事。烂烂电目光：语出《世说新语・容止》：晋人王戎目光敏锐，裴楷说他“眼烂烂如岩下电”。这两句诗合用了两个晋人的典故，表明自己不计较个人小事，别人说自己狂放，自己却不以为狂。 ⑩ 故都：指北宋都城汴京。九庙：古代皇帝有九庙以供奉祖先。

翻译

大丈夫不能白白地活在世间，
本心是要扫灭敌虏收复河山。
哪里知道道路坎坷不能如我愿，
梁州益州八年里老了青春容颜。
半夜里手拍枕头忽然连声大叫，
原来是睡梦里我军夺了松亭关！
恢复机会屡丢失使我声声长叹，
到明天枕席上留下了泪痕斑斑。
成都城里美酒如海酒楼屡见，
解下酒旗我来包下买卖一整天。
酒意浓时玩起博戏开心又解闷，
抛出骰子得了头彩狂叫又大喊。
牛背上光芒闪烁，原来是奇士的目光如闪电，
人笑我狂我却说我原非真狂癫。
故都城皇帝的九庙怎敢轻忘却，
更不忘祖宗神灵就在天帝身边！

送范舍人还朝

淳熙四年(1177)六月作于眉州(今四川眉山)之慈姥岩。范成大,字致能,一作至能,吴郡(今江苏苏州)人,南宋著名诗人,陆游的旧友。淳熙二年,范成大到成都来,知成都府权四川制置使。这时,陆游正好任四川制置使司参议官,两人交往甚密。陆游罢官后,仍在成都。淳熙四年六月,范成大奉命归朝,陆游送他到眉州,历经十天才分别,在送行时写了这首赠别诗。范成大做过中书舍人,因此称为"范舍人"。诗人从深厚的私人情谊着眼,更从收复失地的国家命运出发,希望范成大和朝中的旧友能倡议北伐,早日驱逐敌人。字字句句回响着诗人的爱国心声。

平生嗜酒不为味,聊欲醉中遗万事[①]。酒醒客散独凄然,枕上屡挥忧国泪。君如高光那可负[②],东都儿童作胡语[③]。常时念此气生瘿[④],况送公归觐明主[⑤]。皇天震怒贼得长?三年胡星失光芒。旄头下扫在旦暮[⑥],嗟此大议知谁当[⑦]?公归上前勉画策[⑧],先取关中次河北。尧舜尚不有

百蛮[9]，此贼何能穴中国？黄扉甘泉多故人[10]，定知不作白头新[11]。因公并寄千万意[12]，早为神州清虏尘。

---

① 遗万事：忘却世上的万事。 ② 君：指宋孝宗赵昚（shèn）。高：汉高祖刘邦。光：东汉光武帝刘秀。诗人把赵昚比作刘邦、刘秀，对他寄予了恢复中原的希望。 ③ 东都：指汴京，当时被金人占领已五十多年，所以说“儿童作胡语”。 ④ 瘿（yǐng）：颈部肿瘤，古人认为过度愤郁要生这种病，所以说“气生瘿”。 ⑤ 觐（jìn）：朝见皇帝。⑥ 旄头：星名，一作“髦头”，就是昴（mǎo）星，《史记・天官书》上说髦头是胡星，旄头下扫，即旄头下坠，借指金人将要失败。古人迷信，认为星宿的变化与人事有相连属的关系。 ⑦ 大议：指建议北伐的主张。 ⑧ 勉：勉力。画策：策划大计。 ⑨ 百蛮：古代泛指边外少数民族。 ⑩ 黄扉：古代丞相的居处，门涂以黄色。甘泉：汉代宫殿名。两处代指朝廷。 ⑪ 白头新：相识很久，一直到老还同新交。就是说互不了解，交情不深。语出古代谚语“白头如新，倾盖如故”。 ⑫ 因公：托公。

翻译

平日里喜欢饮酒，

不是贪图酒味的醇香，

只不过想在醉中，
把世上的万事都遗忘。
酒醒了，客散了，
仍不免独自凄凉忧伤，
到夜来，一次次
忧国泪洒落在枕上。
君王就像高祖、光武二帝，
我们怎可辜负了他的期望？
如今东都汴京的儿童，
开口学的是胡人声腔。
平日里每想到这些，
总使我满腔气愤，
更何况现在是送你，
去朝见英明的君王。
总有一天皇天也会震怒，
贼寇又哪得久长？
三二年内胡人的星宿，
定然会黯然无光。
旄头星下坠跌落，
只是在早晚间的事情，
只不知建议北伐的重任，
由谁来挑起担当？

寄希望、公回朝，
君王前殷勤献主张，
先取我关中故地，
再收复河北旧壤。
古时尧舜尚且不能
容许百蛮的猖狂，
如今又怎能让敌寇
盘踞在中国土地上？
朝廷中还有许多
我们过去的朋友，
知道他们定不会
把老友的交情遗忘。
拜托你一起捎去呵，
我千思万虑的心意：
早日把敌人赶出境，
让神州处处笑声扬！

浣花女

淳熙四年(1177)七月作于成都。诗题一作“浣溪女”。浣花,指浣花溪,又名濯锦江、百花潭,在四川成都市西郊。诗中通过农村姑娘与爱慕虚荣的城市女子的对比,歌咏了农家少女勤劳、愉快的生活。全诗着墨素淡,语言平浅,是一幅生动的农村风俗画。

江头女儿双髻丫①,常随阿母供桑麻②。
当户夜织声咿哑③,地炉豆秸煎土茶。
长成嫁与东西家, 柴门相对不上车。
青裙竹笥何所嗟④,插髻烨烨牵牛花⑤。
城中妖姝脸如霞⑥,争嫁官人慕高华。
青骊一出天之涯⑦,年年伤春抱琵琶。

---

① 双髻丫:未成年的女子把头发编成小辫,盘于头顶左右两边。

② 供:从事。 ③ 咿哑:织机声。 ④ 笥(sì):盛衣物的方形竹箱。

⑤ 烨(yè)烨:光彩夺目的样子。 ⑥ 妖姝(shū):妖艳的女子。

⑦ 青骊(lí):黑色的马。

翻译

江边有个姑娘头上梳着双角髻丫，
常常跟着阿妈每天采桑又是绩麻。
晚上纺线对着门儿纺车声音咿呀，
地边炉上豆秸哔剥正在煎熬土茶。
长大以后离开爷娘嫁到附近人家，
门对门儿几步就到不用乘车备马。
青布裙竹篦箱毫不伤叹低了身价，
髻边插着牵牛花儿多么光彩焕发。
城里那些妖媚女子脸儿好似云霞，
争着嫁给大官贵人慕他富贵荣华。
哪天丈夫骑着黑马远走海角天涯，
年年春天哀愁忧伤独自弹着琵琶。

登城

淳熙四年(1177)七月作于成都。淳熙三年,陆游因“燕饮颓放”的罪名,先后被罢免了四川制置使司参议官和知嘉州的新任命,领祠禄(宋代五品以上官员罢官后,以主管道教宫观的名义领干俸)闲居,心情愤郁,常登成都城眺望抒愤,写下了《登城》《秋晚登城北门》《晚登子城》《大风登城》等诗。诗人登高望远,心事浩茫,感慨万千。全诗气势浑灏,苍凉悲壮。

我登少城门[①],四顾天地接。大风正北起,号怒撼危堞[②]。九衢百万家[③],楼观争岌嶪[④]。卧病气壅塞,放目意颇惬[⑤]。永怀河洛间[⑥],煌煌祖宗业。上天祐仁圣[⑦],万邦尽臣妾[⑧]。横流始靖康[⑨],赵魏血可蹀[⑩]。小胡宁远略[⑪],为国恃剽劫。自量势难久,外很中已慑[⑫]。籍民备胜广[⑬],陛戟畏荆聂[⑭]。谁能提万骑[⑮],大呼拥马鬣[⑯]。奇兵四面出,快若霜扫叶。植旗朝受降[⑰],驰驿夜奏捷。豺狼一朝空,狐兔何足猎!遗民世忠义,泣血受污胁。系箭射我诗,往檄五陵侠[⑱]。

① 少城：成都的城名。公元前 311 年，秦国张仪建成都城，名太城，次年于西筑一城，名少城。宋代成都府治在少城。 ② 危堞（dié）：高高的城墙。堞，城上有垛口的墙，又称女墙。 ③ 九衢：四通八达的道路。 ④ 岌嶪（jí yè）：高耸的样子。 ⑤ 愜（qiè）：畅快。⑥ 河洛间：黄河、洛水之间，指北方中原地区。 ⑦ 仁圣：指北宋仁宗赵祯。 ⑧"万邦"句：是说从前小国万邦都受命于中国。 ⑨ 横流：洪水泛滥，横行不由水道。比喻金人来犯、北方大乱的情景。靖康：宋钦宗年号。靖康元年（1126），金兵攻破汴京，次年掳宋徽宗、钦宗北去，北宋遂亡。 ⑩ 赵魏：泛指中原地区。血可蹀（dié）：杀人太多，血流满地，人竟可以从血上走过。蹀：踏。 ⑪ 宁：哪里有。⑫ 很：通"狠"。慑（shè）：恐惧，害怕。 ⑬ 籍民：登记户口。胜广：秦末农民起义领袖陈胜、吴广，此借指沦陷区反金起义的人民。 ⑭ 陛戟：皇帝殿阶两旁的武士执戟而立，形容戒备森严的样子。荆聂：指战国时两个著名的刺客荆轲和聂政。 ⑮ 提：统率。 ⑯ 鬣（liè）：马鬃。 ⑰ 植旗：插竖胜利的旗帜。 ⑱ 檄：这里作动词用，号召。五陵：汉朝五个皇帝的陵墓：长陵、安陵、阳陵、茂陵、平陵，在长安附近。五陵侠：据《汉书·游侠·原涉传》，五陵一带多豪侠之士，这里借指金人占领区内英勇抗金的志士。

翻译

我一人登上了成都少城的门楼，

眼望四野天地连成了一片浑茫。
卷地的大风正在从那北面吹起，
怒吼着像是要摇动高高的城墙。
一条条的大路呵数不清的人家，
一座座的楼台争着都耸立高昂。
打从我病卧在床胸中十分郁闷，
今日里放眼远望心情多么舒畅。
黄河洛水呵我心中长久地怀想，
祖宗创下的辉煌基业更是难忘。
想那仁宗圣君得到上天的祐助，
臣服中国一时有多少小国邻邦。
泛滥的祸乱靖康年间开始发生，
赵魏间人的脚下到处血在流淌。
小小胡人哪里会有远大的谋略，
治国理邦无非是依仗劫夺掠抢。
度量自己势力难以长久地撑持，
表面凶狠内心却早已恐惧发慌。
登记户口防备着人民举起义旗，
戒备森严只怕有刺客来到朝堂。
有谁能率领着千万骑良将精兵，
骑在马背上呼啸着奔驰向前方。
声东击西指南打北四面出奇兵，

快得就像寒霜扫落了秋叶纷扬。
白天旗插敌城接受敌人的投降，
夜来飞马报捷到处凯歌在高唱！
凶残的敌人一旦被我横扫一空，
草间的狐兔又哪里要费大力量。
沦陷区的人民本都是世代忠义，
受尽了污辱威胁血泪深仇难忘。
一支飞箭系住我诗射向那北方，
遍告五陵侠士要使我山河重光！

秋晚登城北门

淳熙四年(1177)秋作于成都。诗人登高感秋,伤时忧国,同那些抒写个人悲秋情怀的作品,迥然异趣。

幅巾藜杖北城头[1],卷地西风满眼愁。
一点烽传散关信, 两行雁带杜陵秋[2]。
山河兴废供搔首[3],身世安危入倚楼[4]。
横槊赋诗非复昔[5],梦魂犹绕古梁州。

---

① 幅巾:古代男子用绢一幅束头发,称为幅巾。藜:草本植物,用它的茎做成的手杖叫"藜杖"。 ② 杜陵:今陕西西安东南。雁带杜陵秋:语本唐代于邺《秋夕闻雁》:"忽闻凉雁至,如报杜陵秋。" ③ "山河"句:兴废,这里偏用"废"字,山河兴废,指北方沦陷区至今还没有收复。搔首:见《南池》注。 ④ 身世:指诗人所处的时代及自身的遭遇。 ⑤ 横槊赋诗:这里指陆游在南郑任四川宣抚使司干办公事时在军中写诗的事。

翻译

一幅头巾，一根藜杖，
深秋傍晚独登上城北门楼；
西风卷地，百草凋零，
满眼秋色勾起我满腹烦愁。
一点烽火，报传着
大散关口的敌情战况，
两行雁阵，带来了
长安杜陵的秋意浓厚。
眼望破碎的山河呵，
常令人心中不安频频搔首；
想起身世的安危呵，
倚楼间百感交集涌上心头。
如今，已不再是
当年横戈马上，军中赋诗的光景，
可时时刻刻魂绕梦萦的，
仍是那古时的梁州！

秋兴

淳熙四年(1177)九月作于成都。秋兴,因秋天而兴起感怀。秋夜景物触动陆游对国家现状的忧心,抒发了他收复失地的坚强决心。

成都城中秋夜长，　灯笼蜡纸明空堂①。
高梧月白绕飞鹊，　衰草露湿啼寒螀②。
堂上书生读书罢③，欲眠未眠偏断肠④。
起行百匝几叹息⑤，一夕绿发成秋霜⑥。
中原日月用胡历⑦，幽州老酋著柘黄⑧。
荥河温洛底处所⑨，可使长作旃裘乡⑩！
百金战袍雕鹘盘⑪，三尺剑锋霜雪寒。
一朝出塞君试看，　旦发宝鸡暮长安⑫！

---

① 笼:罩。明:照亮。 ② 寒螀:见《长歌行》注。 ③ 书生:陆游自指。 ④ 断肠:形容极度悲伤。 ⑤ 匝(zā):环绕一圈。 ⑥ 绿:黑发。秋霜:形容头发变白。 ⑦ 中原:泛指北方广大沦陷区。⑧ 老酋:此指金国国主。柘(zhè)黄:指古代帝王的黄色袍服。柘:落叶灌木,皮可以染黄色。 ⑨ 荥:五色光辉。荥河:据《尚书·中

侯》记载，尧在位七十年，有五色荣光出于河水之中。温洛：据《易·乾凿度》载，由于尧“盛德”的感应，曾使“洛水先温”。（以上记载见《初学记》“荣河温洛”下引）陆游用“荣河温洛”四字，借指中原地区曾是古代帝王之都。底处所：何等的地方。 ⑩ 旃裘：即毡裘，古代北方民族穿的用毛皮制成的服装，这里借指金人。 ⑪ 百金战袍：指名贵的战袍。雕鹘（gǔ）：都是猛禽。“雕鹘盘”是说战袍上绣着雕鹘的花样。 ⑫ 宝鸡：在大散关的东北，今陕西宝鸡。从宝鸡到长安，约四百里。

翻译

成都城里，沉沉秋夜是多么漫长，
灯儿罩着蜡纸，明煌煌照亮了空堂。
梧桐高高，明月皎皎，乌鹊绕着树飞，
草儿枯黄，露水寒湿，声声寒蝉哀唱。
堂上的白头书生，到深夜读书才罢，
想睡不能睡呵，偏又是伤心断肠！
几回回踱步绕圈呵，几次次长长叹息，
一夜间头上的黑发，便如染上了秋霜。
想那中原如今纪月纪日，用上了胡人的历本，
那金国老主也黄袍加身，他要称帝称王。
黄河洛水呵，山川壮丽何等样的地方，
怎可让穿毡服皮衣之徒久占猖狂！

穿上了百金的战袍，盘绣着雕鹘的花样，
手提着三尺宝剑，直透出森冷的寒光。
到那出塞杀敌的一天呵，诸君请拭目静待：
早上从宝鸡出发，到晚间长安城里凯歌高扬！

江楼吹笛饮酒大醉中作

淳熙四年(1177)十月作于成都。江楼,锦江楼,在成都西南。诗人在醉中想象自己上天入地,与仙人共饮同游。在这种超凡出世的奇想的背后,所抒写的却是诗人在现实生活中屡遭挫折,不得展其大志的深深苦闷和要求冲破羁绊的内心呼唤;末尾两句轻轻一转,写自己飘飘欲仙去之际,仍想要小留剑南,则又道出了诗人对蜀地生活的怀恋之情。全诗运用了神话传说的素材,想象奇幻超绝,气势奔放豪纵,从中可以看出李白诗歌对陆游创作的明显影响。

世言九州外,复有大九州[①]。此言果不虚,仅可容吾愁。许愁亦当有许酒[②],吾酒酿尽银河流。酌之万斛玻璃舟[③],酣宴五城十二楼[④]。天为碧罗幕,月作白玉钩;织女织庆云[⑤],裁成五色裘。披裘对酒难为客[⑥],长揖北辰相献酬[⑦]。一饮五百年,一醉三千秋。却驾白凤骖斑虬[⑧],下与麻姑戏玄州[⑨]。锦江吹笛余一念[⑩]:再过剑南应小留[⑪]。

①“世言”两句：战国时齐国学者邹衍称中国为赤县神州，神州内有九州。而在这赤县神州之外，又有与之等同的九州，即大九州，见《史记·孟子荀卿列传》。 ② 许：如许，如此之多。 ③ 斛(hú)：古代的量器，十斗为一斛。玻璃舟：形状像船的玻璃杯。 ④ 五城十二楼：古代传说昆仑山上有五城十二楼，是黄帝所造以等候仙人的地方，这是汉代方士们欺骗汉武帝的话。见《汉书·郊祀志》。⑤ 庆云：五彩云霞，古人认为是祥瑞之气。 ⑥ 难为客：此言找不到合适的客人共饮。 ⑦ 长揖：古人相见时的礼节，拱手高举，自上而下。北辰：北极星。相献酬：宾主相互敬酒。 ⑧ 骖(cān)斑虬：用有斑纹的虬龙拉车。骖：车驾两边的马，这里用作动词，拉车。虬：有角的龙。 ⑨ 麻姑：传说中的仙女。玄洲：传说中神仙居住的地方。 ⑩ 锦江吹笛：传说三国时蜀人费文祎得道成仙后，曾骑黄鹤，吹玉笛，往来锦江之上。 ⑪ 剑南：今四川剑阁以南、长江以北一带地方。

翻译

世人都说九州外，
还有个更大的九州。
这话如果不虚诳，
也仅只能装下我的忧愁。
多少愁便该有多少的酒，

为酿我酒用尽了天上银河的水流。
玻璃杯斟上一万斛呵，
饮遍了五城十二楼！
天是那碧绿的罗幕，
月牙作白玉的帐钩；
织女织得祥云片片，
裁制成五色的衣裘。
披起裘衣，对着美酒，无人共饮，
深深作揖，邀北极星，相互敬酒。
一饮饮了五百个年头，
一醉醉了三千个春秋！
龙车凤驾，载着我四处神游，
翩然而下，和麻姑嬉戏在玄州。
锦江吹笛欲升仙，心中闪过一念头：
仙车再过剑南时，应作短暂的停留。

夜寒（其二）

淳熙四年（1177）十一月作于成都，共二首，这里选的是第二首。诗人用十分凝练的笔墨，把那些富家纨绔子弟豪奢淫靡的生活概括为“斗帐重茵香雾重”七个字，然后用对面着笔的手法，从“膏粱那可共功名”说到“铁马何人从我行”，托出了一马当先，志在杀敌的诗人形象。

斗帐重茵香雾重[①]**，膏粱那可共功名**[②]。
三更骑报河冰合[③]**，铁马何人从我行**[④]？

① 斗帐：古代一种形状像覆斗的帐子。重（chóng）茵：层叠的床褥。香雾重（zhòng）：指熏炉内正点燃着熏香，香气迷漫而浓重。 ② 膏粱：这里是“膏粱子弟”的省称，指富贵人家子弟。 ③ 骑：探骑。 ④ 铁马：披铁甲的战马。

翻译

挂着斗帐，垫着厚褥，
满屋里飘散着香雾浓浓，

这样的公子哥儿，怎么可能
和我一起去建功立名！
三更时分，探马来报，
说河水已经冰结冻合，
杀敌的豪兴顿起，可又有谁呵，
愿同我一起跃马前行？

大风登城

淳熙四年(1177)十一月写于成都。从诗中“东家”“西家”与诗人自我形象的对比描写中,我们可以看到当时社会中两种截然不同的生活态度。

风从北来不可当，　街中横吹人马僵①。
西家女儿午未妆，　帐底炉红愁下床。
东家唤客宴画堂②，　两行玉指调丝簧③。
锦绣四合如垣墙④，　微风不动金猊香⑤。
我独登城望大荒，　勇欲为国平河湟⑥。
才疏志大不自量，　西家东家笑我狂。

① 僵:仆倒。 ② 画堂:用画图彩雕装饰的厅堂。 ③ 玉指:形容女子的手指像玉脂般白净光洁,这里借指弹奏器乐的乐伎。调:调弄,弹奏。丝簧:弦乐和管乐,泛指乐器。 ④ 垣(yuán):墙。 ⑤ 金猊(ní):表面涂金的狮形香炉,中间燃香料,烟从口中吐出。 ⑥河湟:地区名,其地在今甘肃、青海两省的黄河以西部分,即河西走廊和湟水流域。宋代,河湟地区被向金称臣的西夏所占领,这里借指金人占领的地方。

翻译

风从北面吹过来，其势不可阻挡，
横吹街中尘土飞，人马僵卧地上。
西家小姐到中午，还没打扮梳妆，
帐底炉火烧得旺，怎愿起身下床。
东家宴席多丰盛，客人请入画堂，
两排乐伎指如玉，管弦乐声悠扬。
锦绣屏风四面围，如同一堵围墙，
微微风来吹不动，狮形熏炉飘香。
独我一人登城楼，眼望四野八荒，
想为国家勇争先，一举平定河湟。
东家西家窃窃笑，笑我放翁狂妄，
笑我志大才力浅，笑我不自度量。

枕上

淳熙四年(1177)十二月写于成都。诗人在现实中没有征战杀敌的机会,只好托之于梦。可惜连这样的好梦都做不成。在失眠中,诗人只得把报国灭敌的希望寄托于来年。

枕上三更雨，　天涯万里游。
虫声憎好梦，　灯影伴孤愁。
报国计安出？　灭胡心未休。
明年起飞将[①]，　更试北平秋[②]。

① 飞将:指西汉名将李广,与匈奴大小七十余战,被匈奴人称为“飞将军”。 ② 北平:指右北平,汉郡名,今河北东北部及辽宁部分地区。李广曾任右北平太守。这二句是希望朝廷能起用像李广一样的良将,早日收复北方失地。

翻译

窗外三更雨潇潇,伴我枕边入梦,

海角天涯万里路，梦中踏上征程。
虫声恨我梦香甜，一片嘤嘤嗡嗡，
悠悠梦醒独自愁，伴我惟有灯影。
细思量，思报国，报国有何良策？
总不忘，灭狂胡，此心未肯休停。
且待朝廷明年，用我汉家飞将军，
秋来草黄马肥，试听北平杀贼声！

龙兴寺吊少陵先生寓居

淳熙五年(1178)二月,陆游奉孝宗召命东归临安,便从成都顺江东下,四月间路过忠州(今重庆忠县),写了这首诗,时年五十四岁。龙兴寺,在忠州北八十里,唐代宗永泰元年(765)五月,杜甫离成都东下,入秋至忠州,在龙兴寺住了大约两个月的时间。少陵先生,即杜甫,杜甫自号杜陵布衣、少陵野老。诗人凭吊杜甫的故居,想起这位自己素所崇敬的前代诗人的爱国精神和坎坷遭遇,再联想到自己,真有异代同心之感。诗写得寄意深远,余味不尽。

中原草草失承平①,戍火胡尘到两京②。

扈跸老臣身万里③,天寒来听此江声④!

---

① 草草:仓猝之间。承平:太平。 ②"戍火"句:指唐代安史之乱。天宝十四载(755),安禄山据范阳叛乱,率领叛军攻陷了洛阳,次年又攻陷长安。戍火:战火。胡尘:安史叛军多由契丹、奚、突厥等族组成,所以称胡尘。两京:唐代以洛阳、长安为东西二京。 ③"扈跸"句:扈跸(hù bì):随从皇帝车驾。老臣:指杜甫。安禄山攻陷长

安后，玄宗逃蜀，肃宗立，杜甫先是由长安奔至凤翔(今属陕西)谒见肃宗，拜左拾遗；肃宗还长安，杜甫又随从回京，后因上疏救丞相房琯，被调出京，穷困流离，辗转万里，至于忠州。 ④"天寒"句：陆游在本诗自注中根据杜甫的诗推测，杜甫寄住在忠州大约是在秋冬时节。所以，在龙兴寺前可以听到很宏壮的江流声。

翻译

当年，中原一下子失去了往日的太平，
安史叛军燃起的战火，烧到了东西两京。
随驾回京的老臣呵，又孤身流落万里之外，
在那秋冬间寒冷的时节，来听这滔滔的江声！

楚城

淳熙五年(1178)五月东归道中作于归州(今湖北秭归)。楚城,即楚王城,是战国时楚国旧都,在归州境长江南岸。诗人凭吊古迹,抒发了对伟大爱国诗人屈原的怀念之情;后两句则将笔触掠过千年,由怀古转到慨今,以大自然的永恒常在来反衬历史人事的变化无常。全诗虽仅四句,却写得纵横开阖,笔力非凡,意在言外,感慨遥深。

江上荒城猿鸟悲,　隔江便是屈原祠①。
一千五百年间事②,　只有滩声似旧时。

① 屈原祠:据作者《剑南诗稿》卷十《归州重五》诗中自注,屈原祠在归州东南五里的归乡沱,这里原是屈原的故居。　② 一千五百年:屈原是公元前四至三世纪人,陆游写此诗是公元十二世纪,前后相距约一千五百年。

翻译

江边的这座荒城，传来猿鸟的悲啼凄清悠长，

隔着长江的那边，便是楚臣屈原的祠堂。

一千五百年呵，说不尽多少变化兴废、人事沧桑，

只有这江滩的急流声声，一如那过去的时光！

泊公安县

淳熙五年(1178)五月,陆游东归道中途经公安县时作此诗。公安县,在今湖北省长江南岸,邻接湖南省。诗的中间两联以精细的笔触描绘了公安渡头水天相接、海风拂月、帘卷萤闹、露下苹开的夏夜美景,但这一切对心怀国忧的诗人来说,反倒添愁惹恨,“触”山川之美“景”而“生”思收复失地之“情”,心情格外沉重和悲凉。

秦关蜀道何辽哉①! 公安渡头今始回②。
无穷江水与天接③, 不断海风吹月来④。
船窗帘卷萤火闹, 沙渚露下蘋花开。
少年许国忽衰老, 心折柁楼长笛哀⑤。

① 秦关:指大散关。辽:远。 ② 今始回:陆游乾道六年(1170)入蜀时经过公安,到这次出蜀东归再经公安,已过了八年,所以说“今始回”。 ③ 江水:公安县边上就是荆江(即长江自湖北枝江至湖南城陵矶一段的别称),陆游取水道出蜀,经过这里。 ④ 海风吹月来:月从海东向西上移,陆游从江船上东望,产生“海风吹月来”的奇想。 ⑤ 心折:心碎,形容极度伤感。柁(tuó)楼:船只后部的上面一层。

翻译

大散关、剑门关，

一条道路多么漫长辽远！

八年前，始相见，

公安渡呵，今天才又回到你身边。

无穷江水滚滚东去，

和蔚蓝的天空连成一片，

不断海风徐徐吹来，

吹得月儿也向西移迁。

卷起窗帘，船窗外，

点点萤火明灭纷飞闹盈盈，

远望江中，沙洲上

露气凝珠蘋花片片开放。

我少年时便以身许国，立志豪壮，

如今功业不就却迎来白首衰颜，

柁楼上传来了哀哀的长笛声，

怎不令人心悲酸呵，泪涟涟！

小雨极凉，舟中熟睡至夕

本诗是淳熙五年(1178)五月东归途中将近巴陵时所作，描写了诗人旅途中闲雅轻松的心情。诗写得轻清流转、明快晓畅，具有唐人诗的风韵。

舟中一雨扫飞蝇，　半脱纶巾卧翠藤[1]。
清梦初回窗日晚[2]，　数声柔橹向巴陵[3]。

① 纶(guān)巾：用青丝带编成的头巾。翠藤：指用青藤做的榻床。
② 回：梦醒。　③ 巴陵：地名，在今湖南岳阳。

翻译

一阵细雨，扫尽了船中飞蝇，
纱巾半脱，躺卧在青藤榻中。
幽幽梦醒，窗外已斜阳西下，
橹声轻轻，船儿正驶向巴陵。

过灵石三峰（其一）

淳熙五年(1178)十月，陆游自山阴赴福建任提举福建常平茶盐公事，途经江山县(今浙江江山)时写下此诗。诗共二首，这里选的是第一首。灵石山，即江郎山，在江山县南五十里，拔地如笋，高六百寻(古以八尺为一寻)，上有三峰，峰各有巨石，高数百尺，俗称“江郎三片石”。诗开头两句通过夸张和反衬的手法，极写山峰的奇伟；后两句则突生奇想，要让这千仞高峰到小诗中委屈存身。诗人以小诗写大山，尺幅之内而藏万里之势；又以奇思写奇峰，不但写得诗趣盎然，更表现了诗人豪迈的情致和宽广的胸襟。

奇峰迎马骇衰翁①，蜀岭吴山一洗空②。

拔地青苍五千仞③，劳渠蟠屈小诗中④。

---

① 衰翁：陆游自称。 ② 蜀岭吴山：蜀地的峻岭、吴地的群山。一洗空：一扫而空。此句是说蜀岭吴山都不如灵石三峰的奇伟，相比之下，它们都为之失色，简直像不存在似的。 ③ 仞：古时长度单位，八尺为一仞。 ④ 渠：它，指灵石三峰。蟠(pán)屈：盘屈，伏下身子。

翻译

奇峭的山峰迎着马头矗立，
险些吓倒我这衰弱的老翁，
在你面前，那巴蜀、江南的群山，
可不都要黯然失色，无地自容？
你拔地而起的万丈山岭呀，
你满山满岭的苍翠葱茏，
要有劳你弯曲一下身躯，
才好把你写入我的小诗中。

弋阳道中遇大雪

本诗作于淳熙六年(1179)十二月,陆游时年五十五岁。本年秋天,陆游奉召赴临安,未至,改除提举江南西路常平茶盐公事,在前往抚州(今属江西)任所途中,路经弋阳(在今江西)时写了这首诗。诗人由大雪想到大军,再由大军想到自己年少时的抗金大志,最后回到严酷无情的现实中,满胸豪情无法一吐为快,只得强压在心中。

我行江郊暮犹进[①],　大雪塞空迷远近。
壮哉组练从天来[②],　人间有此堂堂阵[③]!
少年颇爱军中乐,　跌宕不耐微官缚[④]。
凭鞍寓目一怅然[⑤],　思为君王扫河洛。
夜听簌簌窗纸鸣[⑥],　恰似铁马相磨声。
起倾斗酒歌《出塞》[⑦],　弹压胸中十万兵[⑧]。

---

① 江郊:弋阳在江西信江北岸,所以说是“江郊”。　② 组练:组甲和被练,古代兵士穿的两种衣甲,因组练都是白色的,所以把满天飞雪比作穿着组练从天而降的军队。　③ 堂堂阵:雄壮正大的军阵。

④ 跌宕(dàng):放纵不羁。 ⑤ 寓目:过目,看到。 ⑥ 簌(sù)簌:象声词,急雪打窗声。 ⑦《出塞》:汉乐府横吹曲名,内容多写将士的边塞生活。 ⑧ 弹压:压制。

翻译

我沿着江边赶路,
到了傍晚还行进不停,
漫天里大雪飘舞,
迷了前路不知远近。
多么壮观的雪景呵,
像一队队白色衣甲的战士从天飞降,
人世间又怎能够,
看到这雄壮正大的阵容!
想我年轻的时候,
爱听那豪壮昂扬的军中乐曲,
生性儿放纵不拘,
不愿被小小官职来束缚我身。
靠着马鞍放眼四望,
眼前景象使我心中惆怅,
思量着要为君王呵,
把河洛一带的敌人扫平!

到夜来难以入眠呵，
卧听那雪打窗纸的簌簌响声，
一声声呵就像是那，
披铁甲的战马在磨撞挤碰！
起身倒来美酒满杯，
一曲《出塞》放声歌吟，
胸中像跃动十万雄兵呵，让痛饮高歌
强压下汹涌的激情！

闻雁

淳熙七年(1180)正月作于抚州提举江南西路常平茶盐公事任所,陆游时年五十六岁。诗中写闻雁北归而兴起故国山河之感,慨叹中原的未能收复,末句写得沉痛之极。

过尽梅花把酒稀[1],熏笼香冷换春衣[2]。
秦关汉苑无消息[3],又在江南送雁归[4]!

① 把酒:持杯饮酒。 ② 熏笼:熏炉上面罩的竹笼,冬天熏衣时炉中放些香料。 ③ 秦关:此指秦雁门关,在今山西代县西北。汉苑:指汉时长安上林苑,汉武帝曾在上林苑射雁,见《汉书·李广苏建传》。诗为闻雁而作,雁门关、上林苑与雁都有关联。 ④ 江南:宋时抚州属江南西路。

翻译

梅花开放又谢去,淡了饮酒意,
熏炉火熄熏香冷,冬装换春衣。
秦关汉苑中原地,杳然无消息,
又是一年在江南,送雁北归去!

五月十一日夜且半，梦从大驾亲征，尽复汉唐故地，见城邑人物繁丽，云：西凉府也。喜甚，马上作长句，未终篇而觉，乃足成之

熙淳七年(1180)五月作于抚州。且，将。大驾，皇帝的车驾。汉唐故地，指西凉府，汉唐均置凉州，唐时是西北的经济中心，宋初以凉州为西凉府，府治在今甘肃武威，当时是西夏占领区。足成之，把梦中未写完的诗续完。这是一首记梦诗，诗中四句一意，用韵也随之转换：先追溯历史，以唐天宝以来五百年的伤心史直贯入“圣主下诏初亲征”；接着转入写梦中的御驾亲征，出师胜利；再写胜后的欢悦，幻梦中的“文书初用淳熙年”与现实中的“五百年间置不问”形成极鲜明的对比；最后写恢复失地后的和平气象。这首诗在陆游众多激昂慷慨而又悲愤沉郁的诗作中独标一格，全诗始终洋溢着欢快热烈的气氛，通过梦境的具体详尽的描绘，淋漓尽致地抒写了自己的毕生理想。

天宝胡兵陷两京①，北庭安西无汉营②。

五百年间置不问[3]，圣主下诏初亲征。
熊罴百万从銮驾[4]，故地不劳传檄下[5]。
筑城绝塞进新图[6]，排仗行宫宣大赦[7]。
冈峦极目汉山川，文书初用淳熙年。
驾前六军错锦绣[8]，秋风鼓角声满天。
苜蓿峰前尽亭障[9]，平安火在交河上[10]。
凉州女儿满高楼，梳头已学京都样。

---

①“天宝”句：见《龙兴寺吊少陵先生寓居》注。 ②“北庭”句：唐时设北庭都护府，治所在今新疆吉木萨尔，又设安西都护府，治所在今新疆吐鲁番。以上两地均在唐德宗贞元年间被吐蕃占领，所以说“无汉营”。 ③ 五百年：从天宝十四载(755)到陆游写此诗时已四百二十六年，“五百年”是取其整数。 ④ 熊罴(pí)：两种猛兽，借指勇猛无敌的将士。銮(luán)驾：皇帝的车驾。 ⑤ 故地：指西凉府，这里原是汉唐旧地。 ⑥ 绝塞：极遥远的边塞，指唐北庭、安西两都护府旧辖地。图：指国家的版图。 ⑦排仗：排列仪仗。行宫：皇帝在外的住处，这里指梦中皇帝亲征时暂设在西凉府的所在。 ⑧ 六军：周代天子有六军，这里泛指皇帝统率的军队。错锦绣：指战士的锦绣战袍五色错杂。 ⑨ 苜蓿峰：疑在今甘肃西部和新疆交界处，唐代诗人岑参有《苜蓿峰寄家人》诗。亭障：古代边境的堡垒哨楼。 ⑩ 平安火：见《观长安城图》注。交河：古河名，在今新疆吐鲁番，发源于天山，唐代这里设交河县，即安西都护府所在地。

翻译

天宝年间安史胡兵，
攻占了长安和洛阳，
北庭、安西两都护府，
不久也没了汉军的营帐。
五百年了无人来过问，
收复我失去的土地，
待到今日圣主下令，
要亲自前往征讨西凉。
百万雄师浩浩荡荡，
跟着皇帝的车驾前行，
故地的人民一呼百应，
又哪用得着传布檄文？
绝远的边塞修筑起城防，
划入了新定的版图，
君王的行宫排列开仪仗，
宣布了大赦的命令。
放眼望呵，一片片的山峦，
全都是我们汉家的领土，
第一次呵，“淳熙”这个年号，

在所有文书中普遍使用。

御驾前，六军穿上了

五色斑斓的锦绣战袍，

秋风里，战鼓号角声，

声声回荡在高远的碧空！

苜蓿峰前，一座座

岗楼哨所守卫着边防，

交河县里，一处处

平安烽火燃烧得正旺。

高楼里面笑声朗朗，

聚满了凉州的姑娘，

她们头上梳的发型，

学的都是京都的式样。

秋旱方甚，七月二十八夜忽雨，喜而有作

淳熙七年(1180)七月作于抚州。方甚，正严重。陆游看到久旱的嘉谷获得及时雨，惊叹雨声比天上的韶乐更美。欢愉之情，溢于言表，表现了诗人对农人田事的殷殷关切之心，也含蓄地讥刺了只知逸乐享受、不顾百姓疾苦的上层统治者。

嘉谷如焚稗草青①，沉忧耿耿欲忘生②。
钧天九奏箫韶乐③，未抵虚檐泻雨声④。

① 嘉谷：生长茁壮的禾苗。稗(bài)草：一种形状像稻禾的杂草。 ② 耿耿：这里形容心怀忧思的样子。 ③ 钧天：古代传说中指天的中央。九奏：演奏多遍。九是虚指，极言其多。箫韶：相传是古帝虞舜的乐舞。 ④ 虚檐：房顶伸出的边沿部分。

翻译

禾苗枯焦得像被火烧过，

稗草却长得青盛，
心里也好像是火烧火燎，
几乎要痛不欲生。
天上的箫韶仙乐呵，
哪怕奏上百次千次，
又哪比屋檐上雨水哗哗流泻，
这样地美妙动听！

小园（其一）

淳熙八年(1181)四月作于山阴，陆游时年五十七岁。淳熙七年岁暮，陆游因奏请朝廷赈济江西灾民，结果被奏劾免职，奉祠家居；本年三月，复被任命为提举淮南东路常平茶盐公事，又被人奏劾，罢职。家居山阴期间，写了许多描写农村生活的诗。本诗共四首，这里选的是第一首。陆游晚年的生活和陶渊明很相似，他的许多田园诗也很自然地取法于陶诗。我们从本诗所描写的卧读陶诗、乘雨锄瓜的情景中，正可以约略见到两位诗人之间的这种联系。

小园烟草接邻家①，桑柘阴阴一径斜②。
卧读陶诗未终卷③，又乘微雨去锄瓜。

① 烟草：烟雾笼罩中的野草。 ② 柘(zhè)：一种常绿灌木，叶子可喂蚕。 ③ 陶诗：陶渊明的诗。陶渊明(365—427)，字元亮，一说名潜，字渊明，东晋杰出的田园诗人。

翻译

轻烟里的萋萋绿草，
从小园直通邻家，
桑树柘树的深荫里，
一条小路弯弯斜。
我正躺着翻看陶诗，
一卷还没读完，
又去到瓜田里，
趁着沙沙小雨松土锄瓜。

九月三日泛舟湖中作

淳熙八年(1181)九月作于山阴。湖,指山阴镜湖。诗中描写了重阳节前夕泛舟湖上所见的景色。中间二联属对工巧,描写精细;所写景物色彩明丽,自然如画,美不胜收。

儿童随笑放翁狂[①],又向湖边上野航[②]。
鱼市人家满斜日, 菊花天气近新霜。
重重红树秋山晚, 猎猎青帘社酒香[③]。
邻曲莫辞同一醉[④],十年客里过重阳[⑤]。

① 放翁:陆游于淳熙三年(1176)自号放翁。 ② 野航:野外的航船。 ③ 猎猎:风吹酒旗声。青帘:酒旗。社酒:社日的酒。古代社日分春社、秋社,以立秋后第五个戊日为秋社日。 ④ 邻曲:邻居。曲:乡曲,乡村。 ⑤“十年”句:陆游原注:“予(我)自庚寅(孝宗乾道六年,1170)至辛丑(淳熙八年,1181),始见九日(指九月九日重阳节)于故山(家乡)。”

翻译

孩子们都跟在身后，
笑我放翁的狂放，
今天又来到镜湖边，
登上了那条野航。
鱼市上的人家，
都满罩着一片落日的余晖，
快要降新霜了，
正是菊花到处盛开的时光。
秋日的远山，傍晚时，
重重的枫树火一般红艳，
风中的青旗，哗啦啦，
酒旗下飘散出社酒喷香。
乡亲们呵，可别推辞，
和我开怀畅饮一醉方休，
整十年了，十年都是，
他乡客里过了佳节重阳！

夜泊水村

淳熙九年(1182)秋作于山阴。这一时期的诗人,在寄意山水、歌吟田园生活的同时,心中却一刻也未曾忘怀世事国情。本诗所抒写的,就是诗人老而弥坚、至死不变的爱国情怀,以及理想与现实之间的深刻矛盾。诗写得悲而且壮,笔力遒劲。

腰间羽箭久凋零,　太息燕然未勒铭[①]。
老子犹堪绝大漠[②],诸君何至泣新亭[③]?
一身报国有万死,　双鬓向人无再青[④]。
记取江湖泊船处[⑤],卧闻新雁落寒汀[⑥]。

---

① 燕然:山名,即今杭爱山,在蒙古国境内。勒铭:刻石纪功。东汉和帝刘肇永元元年(89),车骑将军窦宪追击北匈奴单于到燕然山,刻石纪功而还。陆游借此慨叹自己空怀壮志,未能建立功业。
② 老子:陆游自称。绝:横越。大漠:大沙漠。　③“诸君”句:新亭:又名劳劳亭,在今南京,三国时始建。东晋政权南迁后,北中国为西北各族分割占据,一批过江的北方士大夫在新亭宴饮,周颉叹息说:“风景没有什么不同,只是山河有了变化。”在座的人都相视流

泪，独有丞相王导说：“我们应为朝廷齐心协力，收复失地，为何要像囚徒那样相对哭泣呢?”(见《世说新语·言语》)陆游借此典故以批评南宋那些悲观消极的士大夫。 ④ 青：黑色。 ⑤ 记取：记住，记着。 ⑥ 新雁：新秋刚从北方飞来的雁。汀：小洲，水边平地。

翻译

腰间的羽箭呵，
早已是残落凋零，
可叹还未能呵，
兵临燕然山刻石纪功。
老夫我仍可以
横越浩瀚大沙漠，
各位又何至于
相对哭泣在新亭?
一身报国家呵，纵然是，
死了万次又有何辞?
两鬓染白霜呵，最无奈，
人老了不会再年轻。
到了他年，我会记得，
今夜在湖边停船的时候，
卧听着南来的新雁
飞落寒汀时的声声唳鸣。

悲秋

淳熙九年(1182)九月作于山阴。陆游题为“悲秋”，实为“忧国”。秋雨潇潇，秋灯晔晔，风雨飘摇，情绪恶劣。诗人被北伐的无期、百姓的痛苦、当道的苟且所煎熬，心情是十分悲愤的。

秋灯如孤萤，　熠熠耿窗户[①]**。**
秋雨如漏壶[②]**，　点滴连早暮。**
我岂楚逐臣[③]**，　惨怆出怨句**[④]**？**
逢秋未免悲，　直以忧国故[⑤]**。**
三军老不战[⑥]**，　比屋困征赋**[⑦]**。**
可使江淮间[⑧]**，　岁岁常列戍**[⑨]**。**

---

① 熠(yì)熠：光耀，鲜明。耿：这里作照亮解。　② 漏壶：古代一种以滴水计时的器具。　③ 岂：岂不是，用反问表示肯定。楚逐臣：指屈原。　④ 惨怆：悲伤。怨句：指屈原《离骚》《九章》等作品。　⑤ 直：只。　⑥ 三军：军队统称。　⑦ 比屋：邻屋，引申为家家户户。　⑧ 江淮间：长江、淮河之间，时为宋、金的分界。　⑨ 列：排列，此是驻扎意。戍：守。此是派兵防守。

翻译

幽幽的秋灯像孤飞的流萤，
闪闪烁烁照亮了我的窗棂。
绵绵的秋雨像漏壶的滴水，
朝朝暮暮滴破了我的心灵。
呵，我不就是屈原的化身，
来专门抒写这凄楚的怨情？
秋的降临难免又平添无限悲辛，
只是因为它搅动了我忧国愁心！
多少年来，多少宋军，不赴沙场远征，
多少年来，多少百姓，难负暴敛横征！
哪能使浩浩长江、荡荡淮河间的军民，
岁岁年年困守这血染的边境！

月下

淳熙十年(1183)九月作于山阴,陆游时年五十九岁。诗人以清新的笔触勾勒了一幅静谧的月下小景。

月白庭空树影稀, 鹊栖不稳绕枝飞[①]。
老翁也学痴儿女[②], 扑得流萤露湿衣。

① “鹊栖”句:句意出曹操《短歌行》:“月明星稀,乌鹊南飞。绕树三匝,何枝可依?” ② 老翁:陆游自指。痴儿女:傻孩子。

翻译

月色白,庭院空,树影儿稀疏迷蒙;
鹊歇巢,睡不稳,惊起绕枝寻旧梦。
呵,我老翁也来学做一回傻孩童,
几只飞萤扑住了,露湿衣衫重!

秋夜泊舟亭山下

淳熙十二年(1185)秋作于山阴,陆游时年六十一岁。亭山,在会稽县(今浙江绍兴)西南十二里。陆游在奉祠家居的时候,常常游览附近的山水,但是他并没有陶醉在湖光山色中,他的心境并不真的闲适和平静,而以托身在孤寂的环境里为恨事。诗的后半首好像与前半首判若两截,互不相关。其实,这正表明诗人在任何环境里总是注视着国事的发展,因此为北方志士的行动而振奋,为复国有望的憧憬所鼓舞。诗的前半首正是以山水景物来反衬后半首诗人的爱国心迹。结句的太白光芒,冲破了秋村暗夜的冷寂气氛,陆游的爱国诗在这里又开辟了一种境界。

逢水逢山到处留, 可怜身世寄孤舟[①]。
一汀蘋露渔村晚, 十里荷花野店秋。
羽檄未闻传塞外[②],金椎先报击衙头[③]。
煌煌太白高千丈[④],那得功名取次休[⑤]。

---

① 可怜:可惜。 ② 羽檄:军事文书,插鸟羽以示紧急。 ③ 金椎:

刺击用的铁椎。衔头:此指金人的首领。陆游自注说:曾听说北方爱国志士攻打金人行帐,金主几于不免;金人称自己首领所居处为衔头。这是传闻之词。据毕沅《续资治通鉴》,淳熙十一年(1184),金主完颜雍因上京地寒,通告明年元旦和生辰,宋朝来祝贺的使节暂停一年。淮水南北人民便纷传金朝有内乱,或说金有边部袭扰。次年九月,完颜雍回到中都,各种传说才停息。陆游诗自注即指所闻传说之一。 ④ 太白:星名。《史记·天官书》载,太白处西方,是金精,主兵象,星芒摇动则兵事起。陆游反用其意,希望它成为对金征讨复国有望的转机。 ⑤ 取次:轻易,随便。休:停止。

翻译

逢着青山便停留,遇着绿水便悠游,
可叹平生呵都寄一叶扁舟!
一湾蘋露,渔村苍茫溶暮色,
十里荷花,野店萧然立寒秋。
伐金檄文还没传到塞上城头,
椎袭敌首却飞报大江淮右。
高高千丈的太白呵!您光耀九州,
快莫让那北伐大业轻易付诸东流!

书愤

淳熙十三年(1186)春作于山阴,陆游时年六十二岁。这是陆游诗中最脍炙人口的名作之一。“愤”字是全诗基调。首二句诗人自我勾勒了愤怒者的形象,点明愤的原因是由于中原的河山未能收复。从气涌如山的回顾中,重点描绘了当年在东南和西北前线所接触的情况,把外景与诗人内心活动融合为一,写得有声有色,气概万千,最能打动人们的心弦。接着诗人又写空有抱负,而时光易逝,很快衰老,这又是愤之所在。最后归结到向往诸葛亮出师,借以言志,但写得婉转含蓄,这里又隐含着愤意。全诗一气呵成,浑然一体。

早岁那知世事艰①,　中原北望气如山②。
楼船夜雪瓜洲渡③,　铁马秋风大散关④。
塞上长城空自许⑤,　镜中衰鬓已先斑⑥。
《出师》一表真名世⑦,千载谁堪伯仲间⑧。

---

① 早岁:早年,年轻时候。那:同“哪”。　② 气如山:怒气上涌如山。　③ 楼船:高十余丈的大战船。瓜洲:即瓜洲镇,在今江苏扬州

南面，时为军事重镇。渡：渡口。孝宗隆兴二年（1164），陆游四十岁，任镇江通判。据陆游《焦山题名》载：闰十一月二十九日，陆游与韩元吉等踏雪登焦山，时金已渡淮河，楚州失陷，江防紧张，瓜洲渡正与镇江隔江相望，他们望着烟雾苍茫中的战船风帆，慨然尽醉。④“铁马”句：乾道八年（1172），陆游四十八岁，为王炎幕僚，在大散关前线。 ⑤长城：南朝刘宋名将檀道济自称“万里长城”（《宋书·檀道济传》）；唐名将李勣被唐太宗喻为长城（旧唐书·李勣传》）。自许：以此自比。 ⑥“镜中”句：取镜自照，鬓发已白，意为青春已逝。⑦名世：著名于世。 ⑧堪：能。伯仲：原指兄弟间长幼次序，伯为长，仲为次。引申为衡量人物的等差之词。

翻译

年轻时候，哪知道世事坎坷多艰难，
北望中原，那胸际愤气上涌竟如山！
曾记得，夜色飞雪中，战船游弋过瓜洲渡口，
金秋烈风中，铁马驰骋在大散险关。
暗暗自许呵身如长城，今成一桩空愿，
曾几何时呵镜里鬓发，忽已点点斑斑！
盛名卓著的诸葛《出师表》呵，举世交赞，
千年万代还有谁能与它比肩？

临安春雨初霁

淳熙十三年(1186)春,陆游任朝请大夫(从六品)、知严州,由山阴被召入京城临安、居西湖畔。本诗即作于此时。霁(jì),雨后天晴。诗中写诗人的客中春感,心情落寞,抒发对庸俗苟且的官场生涯的不满心绪。

世味年来薄似纱①,谁令骑马客京华②?

小楼一夜听春雨, 深巷明朝卖杏花。

矮纸斜行闲作草③,晴窗细乳戏分茶④。

素衣莫起风尘叹⑤,犹及清明可到家。

---

① 世味:此指入世为官的念头。 ② 京华:京城,指临安。 ③ 矮纸:短纸。闲作草:从容地写章草。章草有一定规律,古人常说匆忙不作章草(卫恒《四体书势》),杂事繁忙不作(李之仪《姑溪居士文集·跋山谷草书渔父词十五章后》),所以叫"闲作草"。 ④ 细乳:茶水上浮的乳状泡沫。一说是茶中佳品。宋代名茶均以"乳"名。分茶:品茶。分:鉴。 ⑤"素衣"句:素衣:白色绸衣。陆机诗"京洛多风尘,素衣化为缁",说京都多风尘,常把白绸衣染为黑色(《为顾彦先赠妇》)。

翻译

近年来做官的兴味淡淡的像一层薄纱，
谁又让我乘马来到京都作客沾染繁华?
住在小楼听尽了一夜的春雨淅沥滴答，
清早会听到小巷深处在一声声叫卖杏花。
铺开小纸从容地斜写行行章草，字字有章法，
晴日窗前细细地煮水、沏茶、撇沫，试着品名茶。
呵，不要叹息那京都的尘土会弄脏洁白的衣衫，
清明时节还来得及回到镜湖边的山阴故家。

纵笔(其二)

淳熙十三年(1186)秋,陆游赴知严州,主管军事,此诗于是年冬作于任所。本诗共三首,这里选的是第二首。诗中借怀念故都来抒发从军北伐的迫切心情。

东都宫阙郁嵯峨①,忍听胡儿《敕勒歌》②。
云隔江淮翔翠凤③,露沾荆棘没铜驼④。
丹心自笑依然在,白发将如老去何!
安得铁衣三万骑,为君王取旧山河。

---

① 郁:丛集结聚。形容皇宫建筑物之多。嵯峨:高峻。 ②《敕勒歌》:北齐时的敕勒族民歌。此借指金人唱的歌曲。 ③ 云:古时称帝王所在有五色瑞云。云隔江淮:五色云彩被江淮所隔断,意即南宋皇帝未能还于旧都。凤:喻示帝王。南宋皇帝的宫殿在临安凤凰山之东;此处语意双关,意为皇帝在临安居住。 ④ 铜驼:铜铸骆驼。据《晋书·索靖传》,战祸将起,索靖指洛阳宫铜驼说,将见你没于荆棘中。

翻译

东京城里鳞次栉比的宫殿高峻巍峨，
怎忍听到从故宫传出的金人狂歌！
滔滔呵长江淮河，阻断了皇家的五色瑞云，
萧瑟呵垂露荆棘，埋没了威严的铜铸骆驼！
自笑丹心一片呵长报国家，依然难磨，
无奈白发茎茎呵老之将至，去日苦多！
什么时候能得甲士三万骑呵，
且看我替君王收取旧日山河！

雪中忽起从戎之兴戏作(四首)

淳熙十三年(1186)冬作于严州。这是六十二岁的陆游因见漫天大雪,勾起他从军北征的豪情与幻想而写成的一组小诗,共四首。它以酣畅淋漓的笔触,热烈奔放的激情,势如破竹的气势,向人们展现了诗人随军北征、喜草军书、攻城收地、穷追残敌、获得全胜的一幅幅从戎图。四首诗都扣住“雪”来写,表现了丰富的想象力。

其一

狐裘卧载锦驼车[1],酒醒冰髭结乱珠[2]。

三尺马鞭装白玉[3],雪中画字草军书。

---

① 狐裘:狐皮衣。锦驼车:披锦幔的华丽驼车。 ② 髭:唇上胡子。乱珠:酒滴结成的冰粒。 ③ 白玉:指雪。

翻译

裹着皮衣,躺卧在锦幔驼车心情宽舒,

痛饮美酒,酒醒后沾须酒渍结成冰珠。

抽起三尺积雪马鞭当巨笔，

雪地作纸，奋笔狂划草军书！

其二

铁马渡河风破肉[1]，云梯攻垒雪平壕。

兽奔鸟散何劳逐， 直斩单于衅宝刀[2]。

---

① 风破肉：寒风刺入像刀割一样痛。 ② 单于：匈奴最高首领称号，代指金兵首领。衅：古时凡新器物制成，常杀牲畜祭祀，把血涂在器物上。又称“血祭”。

翻译

骑兵精悍奔驰过大河，刺骨寒风正怒号，

云梯插天直指向敌堡，漫天骤雪满战壕。

兽奔鸟散的逃敌不消我们费力去追击，

还是直取单于头，血祭我宝刀！

其三

十万貔貅出羽林[1]，横空杀气结层阴。

桑乾沙土初飞雪[②]，未到幽州一丈深[③]。

---

① 貔貅(pí xiū)：古代传说中的猛兽名，常用指勇猛的军士。羽林：汉、唐皇帝的禁卫军。 ② 桑乾：古县名，在今河北蔚县东北。③ 幽州：古州名，约在今河北等地。

翻译

十万猛将烈士虎气生生出于羽林，
杀敌豪气冲九天，凝成层层阴云。
呵，在桑乾看到纷纷扬扬飘落沙土的初雪，
还没行军到幽州已下了一丈多深！

其四

群胡束手仗天亡[①]，弃甲纵横满战场。
雪上急追奔马迹[②]，官军夜半入辽阳[③]。

---

① 束手：束手无策。仗：凭借，依靠。仗天亡：是说金国进行的是非正义战争，连老天也要消灭它。《史记·项羽本纪》记项羽被刘邦围垓下，临死前说："这是天意要我身亡，不是我打仗有什么过错。"

② 奔马迹：指逃敌。 ③ 辽阳：府名，治所在今辽宁辽阳。辽、金均置东京于此。

翻译

金国无法挽救覆灭的命运，连上天也要让它灭亡，
没见他们战场上横七竖八抛下盔甲逃命？
我们踏着大雪追赶落荒的逃敌，
大军夜半时分已在辽阳城降临！

塞上曲(四首选二)

淳熙十五年(1188)秋作于山阴。《塞上曲》共四首,这里选的是第一、第四两首。第一首写陆游设想收复河北后人们的欢乐心情。第四首写陆游自己虽老,仍迫切希望参加北征,表现出与一般嗟老叹卑者截然不同的精神面貌。两诗都雄健豪放,继承了唐代边塞诗的传统。但它与摹拟旧体的作品不同,具有新的时代内容。后一首反唐人诗意用之,笔力透过一层,充分表现了诗人老当益壮的爱国意志。

其一

秋风猎猎汉旗黄①,晓陌霜清见太行。

车载毡庐驼载酒②,渔阳城里作重阳③。

---

① 猎猎:风声。汉旗:借指宋军旗。 ② 毡庐:毡做的军帐。

③ 渔阳:地名,约今北京、天津一带。重阳:农历九月九日节日。古人以九为阳数,逢双九,故称重阳节。

翻译

秋风猎猎响，杏黄军旗壮，
晨间小路霜气清，迎面见太行。
车儿装军帐，骆驼运酒浆，
相聚渔阳城里过重阳，欢乐满心房！

其四

老矣犹思万里行，　翩然上马始身轻[①]。
玉关去路心如铁[②]，　把酒何妨听《渭城》[③]。

---

① 翩然：形容上下轻捷的样子。　② 玉关：玉门关，这里指边关。
③《渭城》：唐诗人王维《送元二使安西》诗又题作《渭城曲》（渭城在今陕西咸阳东面），诗中因送人远行而流露伤感之情；陆游则反用其典。

翻译

年老了还想着要万里长征，
翻身上马才觉身还健，体还轻。
远去边关的壮心像铁一样坚定，
出发前举杯痛饮，不妨听着《渭城曲》送我前行！

北望

淳熙十五年(1188)冬作于山阴,陆游时年六十四岁。这首小诗表达了诗人虽屡遭挫折而念念不忘恢复的爱国情怀。

北望中原泪满巾,黄旗空想渡河津[1]。
丈夫穷死由来事,要是江南有此人[2]。

① 黄旗:中军之旗。河津:龙门,这里泛指黄河渡口。 ② 要是:总之是。此人:作者自指。

翻译

北望中原烟尘,不觉老泪纵横打湿衣巾,
多少回想望军旗飘在龙门,又多少回成了梦境!
大丈夫从来多遭挫折失意而死,
只要江南还有这样一位铮铮铁人一息尚存!

雪夜作

淳熙十六年(1189)十二月作于山阴,陆游时年六十五岁。因大雪而激起报国热情,是陆游诗中的一个崭新题材。这首诗和《雪中忽起从戎之兴戏作》相近。前诗驰骋想象,描写了雪中从戎的各个场面,风格雄壮。此诗突出对平定叛乱、维护统一的唐代名将李愬的向往,抒情言志,融合为一,风格沉着遒劲。两诗各有独到之处。

雪重从压竹①,竹折有奇声。
雪深亦莫扫, 小窗终夜明。
我老尚耐冷, 开卷对短檠②。
龙茶与羔酒③,得失不足评。
但思被重铠④,夜入蔡州城⑤。
君勿轻臞儒⑥,有志事竟成⑦。

① 从:任,由。 ② 檠(qíng):灯架,代指灯。 ③ 龙茶:压成龙纹的团茶。北宋时福建造龙团茶,用以进贡。羔酒:羔儿酒。据《提要录》,宋初,尚书陶毂从太尉党进家买得一妓,曾取雪煮团茶,对妓

说："党家大概不会懂得这样烹茶吧？"妓说："他是粗人，只知道在销金帐内，浅斟低唱，饮羊羔儿酒。" ④ 被：披。 ⑤"夜入"句：用唐李愬雪夜袭取蔡州，平吴元济事。 ⑥ 癯(qú)儒：瘦弱的读书人，陆游自指。 ⑦ 竟：毕竟。此句用《后汉书·耿弇传》刘秀对耿弇语："有志者，事竟成也。"

翻译

大雪重，任它把青竹压弯斜倾，
青竹纵然折断也能发出雄奇的声音。
大雪深，让它堆高也不用去扫清，
小窗借着它会一夜亮到天明。
我虽年老却还耐得住寒冷，
打开书卷，伴着那短小的荧荧孤灯。
说什么煮龙团茶，斟羔儿酒，
陶穀、党进们的谁得谁失不值得我来批评。
我只想着再披挂起重重铠甲，
像李愬在雪夜挥兵攻进蔡州城。
请你切勿把书生意气看轻，
最后的成功一定属于立大志的人！

估客有自蔡州来者感怅弥日（其二）

宋光宗赵惇绍熙元年（1190）春夏之间罢官后闲居山阴时作，陆游时年六十六岁。估客，商人。感怅，感叹忧愁，似有所失。弥日，经日、整日。本诗共二首，这里选的是第二首。陆游偶与蔡州来的商人交谈，勾起了他怀念中原的爱国之情。

百战元和取蔡州①，如今胡马饮淮流。
和亲自古非长策②，谁与朝家共此忧③？

①“百战”句：元和：唐宪宗李纯年号，共十五年（806—820）。元和十一年（816）吴元济据蔡州（今河南汝南）叛乱，邓州节度使李愬夜攻蔡州，擒吴元济。宋、金以淮河为界，蔡州在淮河北，当时被金人占领。 ② 和亲：与敌议和，结为姻亲。长策：久远之计。 ③ 朝家：朝廷。

翻译

呵！元和时经历数百次殊死战斗才夺回了蔡州，

可今日里竟让金人在淮河上饮马、放舟！
和亲从来不是治国的长远计谋，
有哪个人像我这样苦苦地为国事担忧？

醉歌

绍熙元年(1190)夏作于山阴。诗人借醉中作歌吐尽了壮志未酬的悲愤,同时又痛快淋漓地严斥了苟且求和、不思恢复的公卿大臣。

读书三万卷[①],仕宦皆束阁[②];学剑四十年,虏血未染锷[③]。不得为长虹,万丈扫寥廓[④];又不为疾风,六月送飞雹。战马死槽枥[⑤],公卿守和约;穷边指淮淝[⑥],异域视京洛[⑦]。於乎此何心[⑧],有酒吾忍酌?平生为衣食,敛版靴两脚[⑨];心虽了是非[⑩],口不给唯诺[⑪]。如今老且病,鬓秃牙齿落。仰天少吐气[⑫],饿死实差乐[⑬]。壮心埋不朽,千载犹可作[⑭]!

---

① 三万卷:形容书极多,非实数。 ② 仕宦:做官。束阁:捆扎放在高阁,弃置不用。 ③ 锷(è):剑锋。 ④ 寥廓:辽阔,指天空。 ⑤ 槽枥(lì):马槽、马棚。 ⑥ 穷边:最远的边界。淮淝:淮水、淝水。 ⑦ 异域:外国地区。京洛:汴京(开封)、洛阳。 ⑧ 於乎:即"呜呼",叹息声。 ⑨ 敛:收敛。此指捧笏向胸前收敛,是见皇上或

上司时的姿势。版：手版、朝版，即笏。官吏上朝所执，用以记事。靴：穿靴。 ⑩ 了：明了。 ⑪ 给：足以。唯诺：应答。 ⑫ 少：稍。⑬ 差：稍微、比较地。 ⑭ 作：起。

翻译

爱好读书，已经读了成千上万卷，
为做官竟把它捆藏高阁丢在一边；
爱好剑术，已经练了整整四十年，
可恨没让剑锋染上敌血一星半点。
我又不能化作万丈长虹，
横扫过荡荡无垠的蓝天；
我又不能化作万里长风，
在六月天挟带冰雹飞送人间。
驰骋沙场的战马竟老死在马棚槽头，
朝廷的大臣却信守和约年复一年。
他们把眼前的淮河、淝水当做最远的边界，
又把大宋的汴京、洛阳看做别国的家园。
哎呀！真不知他们怀的是什么心肠！
尽管有酒，我又怎能忍心下咽？
可叹我一生为衣为食奔波忙碌，
违心地手捧朝笏、脚穿朝靴把皇上参见；

内心虽对国事的是是非非了如指掌，

应对起来口上却又话语不连。

现在呵，我既年老又多病痛，

不觉鬓发秃、牙齿落，老态时时出现。

但愿我能仰对长天稍微吐一口胸中闷气，

饿死了也要比做官来得快慰能露笑颜！

我深信，我的壮心埋进黄土也不会枯朽腐烂，

千年之后，它还会复活，依然丹心一片！

予十年间两坐斥罪，虽擢发莫数，而诗为首，谓之“嘲咏风月”，既还山，遂以“风月”名小轩，且作绝句（其一）

绍熙元年(1190)秋作于山阴。十年间两坐斥罪，指淳熙八年三月罢提举淮南东路常平茶盐公事新命及淳熙十六年十一月罢礼部郎中。主要罪名是“嘲咏风月”，实际上是因为对当政者不断有所批评所致。坐斥，被斥退、罢职。擢发，拔下头发。莫数，数不胜数。这是一篇纪实小诗，共二首，这里选的是第一首，表示了诗人对当权者迫害的讽刺与抗争。

扁舟又向镜中行①，小草清诗取次成②。
放逐尚非余子比③，清风明月入台评④！

① 镜：一语双关，既指镜湖，又指水平如镜。 ② 小草：随意草写。取次：先后。 ③ 余子：别人。 ④ 台：指御史台，掌纠弹百官。台评：御史台参劾。

翻译

一叶小舟又一次向着镜湖驶行，

清新的小诗一首接一首随意写成。

我罢官的原因可实在与众不同，

连清风明月也成了御史老爷们弹劾我的罪名！

夜归偶怀故人独孤景略

绍熙元年(1190)秋作于山阴。独孤景略即独孤策,陆游在四川时所结交的密友。他工文、善射、喜剑,陆游称他为一世奇士。陆游在诗中把他与独孤策的友情,比作祖逖与刘琨;充满了他对早逝的好友的悼念之情。

买醉村场半夜归,西山落月照柴扉[1]。

刘琨死后无奇士,独听荒鸡泪满衣[2]。

---

① 柴扉:柴门。 ②“刘琨”二句:晋祖逖与刘琨意气相投,立志报国,二人半夜听到鸡叫,就起床习武。后刘琨先死,祖逖十分悲痛。荒鸡:不按时啼鸣的鸡。

翻译

从村里市场上喝醉酒半夜归来,

那西山的落月把柴门洒满银辉。

像刘琨的独孤景略呵,你死后怕再没志士出世,

只留我独自听那鸡鸣,任衣裳沾满泪水。

览镜

绍熙二年(1191)七月在游览海上后回山阴时作，陆游时年六十七岁。览镜，照镜子。壮游激发了诗人对国家重新强盛起来的坚强信念，河山、历史、蜀道、海日，一齐泻入陆游的胸怀。全诗乐观豪迈，爱国热情处处激荡，有一种使人奋进的感染力量。

白头渐觉黑丝多，造物将如此老何①？
三万里天供醉眼②，二千年事入悲歌③。
剑关曾蹴连云栈④，海道新窥浴日波⑤。
未颂中兴吾未死⑥，插江崖石竟须磨⑦。

① 造物：大自然，天地造化。 ② 三万里天：指河山。 ③ 二千年事：指自古至南宋时的历史。 ④ 剑关：剑门关，今四川剑阁北。剑门山壁立如削，山势雄奇，山间即为剑门关。连云栈：陕西到四川的栈道，筑于绝壁悬崖之上，长四百多里，连绵如云，故称。 ⑤ 海道：陆游自注说："比自三江航海到丈亭。"三江，在山阴西北五十里，曹娥、钱清、浙江三水所汇，称之为三江海口。丈亭渡在慈溪西南四十五里。窥：看。 ⑥"未颂"句：前一"未"，没有，没能。后一"未"，不

能，不甘。 ⑦ 插江崖石：用元结于浯溪刻《大唐中兴颂》事。竟须：只顾。

翻译

壮游让我觉得白头上渐多的黑发在闪亮，
老天爷把我这个老头又能怎么样？
三万里壮丽江山供我醉眼观赏，
二千年纷纭史事谱进悲歌传唱。
过去，曾把险峻的剑关、连云栈踩在脚下，意气扬扬；
现在，又在汹涌的三江、丈亭渡看到朝日在海波中荡漾！
我不歌颂完大宋重新振兴的功业决不会死去，
那像元结一样的颂词定将刻在磨平的插天江石上！

秋夜将晓出篱门迎凉有感(其二)

绍熙三年(1192)七月作于山阴,陆游时年六十八岁。此诗共二首,这里选的是第二首。滔滔黄河,巍巍华山,何日才能重归宋王朝的怀抱?这首诗表现了陆游对南宋统治集团的怨忿情绪,同时又体现了诗人对中原父老的关切心情。

三万里河东入海①,五千仞岳上摩天②。
遗民泪尽胡尘里③,南望王师又一年!

① 三万里:极写黄河之长。 ② 五千仞:极写华山之高。仞:古代以七尺或八尺为一仞。岳:高山,此指华山。摩:接。 ③ 遗民:此指在金人统治区的宋朝老百姓。

翻译

三万里滔滔滚滚的黄河呵,你东流直奔大海,
五千仞巍巍峨峨的华山呵,你西耸直刺青天。
呻吟在金人铁蹄下的宋朝百姓呵,眼泪已经淌干,
他们向南盼望宋军北伐呵,却空等了一年又一年。

九月一日夜读诗稿有感走笔作歌

绍熙三年(1192)九月作于山阴。这时离诗人在严州刻成《剑南诗稿》前集已有五年。走笔,飞笔疾书。这是一首陆游晚年对自己诗歌创作实践过程的概述和对创作经验总结的诗。表明诗人否定了他早年从江西诗派入手的创作道路,肯定了创作和生活有着紧密的联系,这种认识是难能可贵的。全诗脱口而出,一气呵成,深衷浅貌,短语长情,经验之谈,十分感人。

我昔学诗未有得[①],残余未免从人乞[②];力孱气馁心自知[③],妄取虚名有惭色[④]。四十从戎驻南郑[⑤],酣宴军中夜连日。打毬筑场一千步[⑥],阅马列厩三万匹[⑦];华灯纵博声满楼[⑧],宝钗艳舞光照席[⑨],琵琶弦急冰雹乱[⑩],羯鼓手匀风雨疾[⑪]。诗家三昧忽见前[⑫],屈贾在眼元历历[⑬]。天机云锦用在我[⑭],剪裁妙处非刀尺。世间才杰固不乏,秋毫未合天地隔[⑮]。放翁老死何足论[⑯],《广陵散》绝还堪惜[⑰]。

①得:心得。 ②残余:指前代诗人作品中已写过的诗句或意境等。乞:讨。 ③孱(chán):弱。馁:丧气。力孱、气馁:比喻写的诗力量薄弱,内容虚乏。 ④妄取虚名:指名不副实。 ⑤四十:陆游在南郑参加王炎幕府时,年四十八岁。说“四十”是举其整数。南郑:地名,今陕西汉中。 ⑥打毬:古时军中的一种体育活动。毬:用皮包着毛的球。场:球场。步:长度历代不一。周为八尺,秦为六尺。 ⑦阅马:检阅军马。列厩(jiù):一排排马棚。三万匹:形容马群众多。 ⑧华灯:华丽明亮的灯。博:指博簺(sài),古代一种棋戏。共十二棋,六黑六白,两人相博。声:指赌客喝彩声。
⑨宝钗:妇女珍贵首饰,钗由两股合成。借指装饰华丽的歌女。
⑩琵琶:从西域传入的乐器,圆体长颈,四弦四柱。 ⑪羯(jié)鼓:古乐器名。南北朝时从西域传入,以山桑木制成,形似漆桶,横放小牙床上,两手持杖击奏。 ⑫三昧:佛经术语,据印度语音译,原义为正定。文人借用为要诀之意。见:现。 ⑬屈贾:屈原、贾谊。两人都是著名文学家。元:同“原”。历历:分明,清楚。 ⑭天机:古代神话中天孙(织女)的织机。云锦:指织女所织的锦缎。用在我:运用它在于自己。 ⑮秋毫:秋天鸟兽新生的毫毛,细小难见,喻指差别微小。 ⑯放翁:《宋史·陆游传》载,陆游在四川时为范成大参议官,不拘礼法,别人讥评陆游放浪,陆游便自号放翁。 ⑰《广陵散》:古琴曲名。三国时嵇康善弹此曲,后嵇康为司马昭所杀,临刑前,嵇康要求再弹一曲,并长叹说:“《广陵散》从此失传了。”

翻译

早先我学着写诗没有真切的心得、体验，

不免在前辈大家那里乞讨零碎润饰我的诗篇；

我内心明白写的诗笔力弱、内容浅，缺少诗情画意，

诗名虽大难副实使我羞惭汗颜。

到了四十八岁我随军驻守在南郑，

曾经在军中夜以继日、舒畅安适地尽情欢宴。

修筑起一千步的球场用它来打毬、习武，

看到成万匹战马在排排马棚里真是壮观；

华灯亮，忘情博，喝彩声灌满了整座楼面，

美女艳，歌舞欢，流光溢彩辉映着我们的盛筵；

琵琶弹起急促的乐声像冰雹撞击乱飞，

羯鼓打出猛烈的鼓点像急风暴雨回旋。

呵！作诗的诀窍突然间被我领悟发现，

屈原、贾谊的境界原来清清楚楚地出现在眼前！

要写出像织女云锦般精美的诗篇全在自己，

生活素材的巧妙构思绝非单凭尺量刀剪。

人世间杰出的诗人本来有万万千千，

但生活体验若差毫丝便如地隔天悬。

我陆放翁总会老死那又算得了什么，

要是诗学的真谛像《广陵散》那样失传才真叫人遗恨绵绵！

夜读范至能《揽辔录》，言中原父老见使者多挥涕，感其事，作绝句

绍熙三年(1192)冬作于山阴。范至能，即范成大。《揽辔录》，宋孝宗乾道六年(1170)三月，范成大以特使身份出使金国，要求金把历代皇陵归还南宋，交涉无效，八月还朝。他把出使途中所写的日记，取名叫《揽辔录》。书中记载他过相州(今河南安阳)时，遗民常向宋使痛哭、跪拜，倾吐他们的爱国情怀。陆游由此百感交集，写了这首诗。诗中揭露了南宋统治集团残酷迫害抗金将领的事实，肯定了中原父老的爱国热忱。

公卿有党排宗泽①，帷幄无人用岳飞②。
遗老不应知此恨，亦逢汉节解沾衣③。

---

① 公卿：指宋高宗亲信黄潜善、汪伯彦等结党营私之辈。宗泽：南宋初抗金名将，主张北伐。曾屡次上书高宗，请还汴京，以安民心，振士气；但被高宗、黄、汪等拒绝。宗泽终于忧愤而死，死时曾三呼“过河”。 ② 帷幄：军帐。代指南宋执掌军权的决策机关。岳飞

(1103—1141)，字鹏举，汤阴(今属河南)人，抗金著名将领，屡建战功，威震金人，但在南宋腐败政权统治下壮志难展，竟被秦桧等以“莫须有”的罪名杀害。 ③ 节：原是使者所持信物，此指使节。汉节：指南宋使者范成大等人。解：理解，懂得。

翻译

朝廷大臣结党排挤宗泽这位国家栋梁，

军政大臣无心重用岳飞这员抗金名将。

沦陷区的父老们理应不知这些令人愤恨的内情，

却在碰到南宋使节时，也会伤心地掉泪打湿了衣裳！

狂夫

绍熙三年(1192)冬作于山阴。此诗取全诗开头两字为题,以《论语·子路》"狂者进取"喻指志向远大、一意向前的诗人自己。全诗分两部分。前半首自我勾勒狂夫的形象;后半首虽仍然写狂夫,但主要着意表明诗人要以人力挽回天意的气概。

狂夫与世本难谐①,醉傲王侯亦壮哉②!
奕奕方收岩际电③,酣酣已起枕间雷④。
回天力在人终叹, 入月星来敌自摧⑤。
千载鬼雄皆国士⑥,直今穷死未须哀⑦。

---

① 世:尘世,浊世。谐:和谐。 ② 醉傲王侯:藐视王侯尊严之意。 ③ 奕(yì)奕:光闪的样子。岩际电:喻指眼光有神,此代指目。《世说新语·容止》曾载裴楷说王戎之目烂烂如岩下电光。 ④ 酣酣:睡眠恬适的样子。 ⑤ 星:指太白星。入月星来:指太白星遮蚀了月亮,喻破敌之势已成。李白《胡无人行》有"太白入月敌可摧"的诗句。自:自然,必然。摧:挫败。 ⑥ 鬼雄:鬼中雄杰。语出《楚辞·九歌·国殇》。国士:国中才能杰出的人。 ⑦ 直:即使。

翻译

我志高行芳本难同尘世和谐，

藐视王公将相的气魄多么豪迈！

刚刚合上那神采闪闪如电光的双眼，

立刻就酣酣入睡，鼻息如雷在枕边低回。

大宋自有回天之力的人才，不用他们终会激起人们愤慨！

像太白遮月，破敌之势已成，敌人必被我们打败！

自古以来鬼中的雄杰原都是一国的英才，

我即使困厄而死也不会感到悲哀！

十一月四日风雨大作(其二)

绍熙三年(1192)十一月作于山阴。此诗共二首,这里选的是第二首。一个六十八岁的老人,纵然困守孤村,但心驰神往的却仍是披甲跃马、杀敌卫国的壮举。就连那深夜的风风雨雨,也像是召唤诗人去进行战斗的号角声。可以想见诗人的爱国热情是何等强烈。

僵卧孤村不自哀①,尚思为国戍轮台②。
夜阑卧听风吹雨③,铁马冰河入梦来④。

① 僵:直挺挺地。 ② 轮台:此应指唐轮台,今属新疆阜康。
③ 夜阑:夜深。 ④ 冰河:冰封的河流。

翻译

我并不为困守孤村无能为力而自感悲哀,
还日思夜想为国家防守像轮台那样的边陲!
深夜里躺着听那阵阵狂风吹着暴雨,
好似那铁马驰过冰河进入梦境来!

秋晚闲步，邻曲以予近尝卧病，皆欣然迎劳

绍熙四年(1193)秋作于山阴，陆游时年六十九岁。邻曲，邻家。迎劳，接待、问候。这是诗人写病后出行所见所闻所感的诗。诗人从官场走到民间，更觉得村民的真诚、关切，令人感动；官场的污浊、倾轧，令人厌恶。

放翁病起出门行，　绩女窥篱牧竖迎[1]。
酒似粥酴知社到[2]，饼如盘大喜秋成。
归来早觉人情好，　对此弥将世事轻[3]。
红树青山只如昨，　长安拜免几公卿[4]！

---

① 牧竖(shù)：牧童。　② 酴(nóng)：厚。社：秋社社日。立秋后第五个戊日。　③ 弥：更。　④ 拜：封，任命。免：罢职。

翻译

放翁我老病康复新出门，
织女篱间望，牧童笑相迎。

村酒醇厚浓似粥，知是秋社近，
麦饼喷香大如盘，心喜好收成。
初回乡，早觉村民情意善良又真诚，
对此景，更使我把尘世利禄看得轻。
枫树嫣红，山峦翠青，风物依旧昨日景，
不知今日长安城，朝廷大臣罢免、高升又几任？

夜读吕化光"文章抛尽爱功名"之句戏作

绍熙五年(1194)正月作于山阴,陆游时年七十岁。吕温,字化光,河中(今山西永济)人,唐贞元十四年(798)进士。吕温曾是王叔文集团成员,后贬道州刺史,转衡州刺史,著有《吕衡州集》十卷。"文章抛尽爱功名",是吕温《友人邀听歌有感》中句。这是陆游借读前人诗作来抒写自己政治抱负的诗。

玉关西望气横秋①,肯信功名不自由?

却是文章差得力②,至今知有吕衡州。

① 西望:吕温曾出使吐蕃,所以说西望。气横秋:神情豪壮。 ② 差:较。

翻译

当年吕温西望玉门边关,激起满怀豪迈精神!

哪肯相信建功立名不靠自身?

倒是文章相比较可以自己用力,

今天的人们知道吕温还是因为他的文章流传。

山头鹿

绍熙五年(1194)四月写于山阴。“山头鹿”,唐诗人张籍新乐府诗题,写官府残民之酷,平民生活之苦。陆游则借它来抨击南宋朝廷不思恢复的苟安政策。诗以诗人的口吻提出问题,用鹿的拟人化口气揭出主题,让鹿群发出呼救,要南宋统治集团在苟且中觉醒。全诗构思精巧,立意新颖,寓意深刻,独具一格。

呦呦山头鹿[①],　　毛角自媚好,
渴饮涧底泉,　　饥啮林间草[②]。
汉家方和亲,　　将军灞陵老[③]。
天寒弓力劲[④],　　木落霜气早。
短衣日驰射[⑤],　　逐鹿应弦倒。
金盘犀箸命有系[⑥],翠壁苍崖迹如扫。
何时诏下北击胡,　却起将军远征讨[⑦]?
泉甘草茂上林中[⑧],使我母子常相保。

---

① 呦(yōu)呦:鹿鸣声。　② 啮(niè):咬食。　③ 将军:指汉将李广。

灞陵:地名,因汉文帝陵墓而得名,在今陕西西安。李广晚年被废置不用,退居蓝田山中,终日游猎,一日醉后夜归,被灞陵尉喝止在亭下过夜。陆游借喻南宋偏安不战,使将军们闲居游猎。 ④ 劲:有力。 ⑤ 短衣:军衣。 ⑥ 金盘:食具。犀箸:犀牛角做的筷子。命有系:鹿的生命就在这里。 ⑦ 却:再。起:起用。 ⑧ 上林:上林苑,汉代皇家猎苑,在今陕西境内。据《三辅黄图》,上林苑中有白鹿观。

翻译

"呦呦""呦呦",山上鹿群一声一声动情地叫,
毛儿闪闪亮,双角茸茸长,真可爱,真美好!
渴了奔山涧,悠悠闲闲饮清泉,
饿了进树林,自自在在嚼芳草。
朝廷学汉家,正同金人结姻好,
将军像李广,回到灞陵来养老。
天气转寒冷,弓力强又强,
繁霜下得早,落叶飘又飘。
将军穿军衣,驰快马,整天上山把鹿找,
东边追,西边赶,弓弦响时鹿儿应声倒。
金盘里,犀筷下,鹿儿命送一条条,
青的岭,绿的谷,鹿儿踪影难见到。
"皇上呵皇上,北伐诏令什么时候能听到?
能否再让将军远上抗金前线立功劳?
到那时,上林苑中甜润的泉,丰美的草,
尽着我们大小鹿儿享用命常保!"

明妃曲

绍熙五年(1194)夏作于山阴。明妃,即汉元帝宫女王嫱,字昭君,晋时避司马昭讳,改称明君,后人又称她为明妃。昭君入汉宫数年,不得宠幸。元帝推行"和亲政策",竟宁元年(前33),南匈奴呼韩邪单于来汉,汉元帝便将昭君嫁给他。《明妃曲》诗题是北宋王安石所创,陆游用其题,继承了它的借古喻今传统,表现了批判南宋王朝执行屈辱求和政策的主题。

汉家和亲成故事[①]**,万里风尘妾何罪**[②]?
掖庭终有一人行[③]**,敢道君王弃蕉萃**[④]?
双驼驾车夷乐悲,公卿谁悟和戎非!
蒲桃宫中颜色惨[⑤]**,鸡鹿塞外行人稀**[⑥]。
沙碛茫茫天四围[⑦]**,一片云生雪即飞。**
太古以来无寸草,借问春从何处归?

---

① 故事:惯例。 ② 妾:古代女子自谦之称。 ③ 掖庭:宫中旁舍,是宫女居住处。汉制,郡国进献女子,入宫未得见天子的待命于掖庭。 ④ 蕉萃:同"憔悴"。据《左传·成公九年》注,陋贱之人。

⑤ 蒲桃宫：即葡萄宫。汉宫名，单于来朝时曾居此宫。 ⑥ 鸡鹿塞：要塞名，在今内蒙古鄂尔多斯。 ⑦ 沙碛：沙漠。

翻译

大汉王朝把对敌通好当做了例行公事，
我王嫱有什么罪要到万里迢迢、风尘滚滚的边陲？
既然宫女中终会有一人要远嫁出行，
我又怎敢说君王是嫌弃我这卑陋的宫妃？
双峰骆驼拉着车在悲戚的异国乐声中向前走，
朝廷大臣有谁看清和亲政策与常理违背？
单于住过的蒲桃宫透露出阴沉冷寂的氛围，
遥远的鸡鹿塞外连行人也稀少。
一眼望去茫茫荒沙让天空把它全部覆盖，
一片云块聚起大雪就遮天铺地到处飘飞。
远古以来这里就是寸草不生的荒僻之地呵，
请问芳菲的春天又会从哪儿来归？

农家叹

庆元元年(1195)三月作于山阴,陆游时年七十一岁。陆游长期退居农村,有了接触农民的机会。这首诗以白描手法,通过一位农民的诉说,反映他如何日夜劳动,向往过太平日子,但又受到官府盘剥拷掠,以致无以维生的血泪遭遇;字里行间,流露出作者深切的同情。

有山皆种麦,　有水皆种秔[①]。
牛领疮见骨[②],　叱叱犹夜耕[③]。
竭力事本业[④],　所愿乐太平。
门前谁剥啄[⑤],　县吏征租声。
一身入县庭,　日夜穷笞搒[⑥]。
人孰不惮死[⑦],　自计无由生。
还家欲具说[⑧],　恐伤父母情。
老人倘得食,　妻子鸿毛轻[⑨]。

---

① 秔(jīng):即粳稻,稻的一种。 ② 牛领:牛颈。疮:伤口。 ③叱叱:吆喝牲口声。 ④ 事:从事。本业:农业。 ⑤ 剥啄:敲门

声。 ⑥ 穷：尽。此指备受……之苦。笞搒(chī péng)：刑杖拷打。⑦ 惮：怕。 ⑧ 具说：一一细说。 ⑨ 妻子：妻子和儿女。

翻译

所有的山坡都种上了麦啊，
所有的水田都种上了稻。
唉，牛儿磨烂了颈脖，露出了瘦骨啊，
还不停地吆喝它连夜把土地耕刨。
唉，用尽心力，在田地上耕作啊，
只想要过上一天太平日子乐陶陶。
门前谁在急急把门敲，
唉，又是县吏一声声逼着把租税交。
我被抓进了县府衙门，
唉，那日日夜夜无休止的拷打哪里受得了！
普天下的种田人，有谁不怕被打死？
暗想我一定也生命难保！
放还家中想向家人一一说明，
又怕刺伤双亲的心肠。
唉！要是老人们能得到温饱，
妻子儿女的生命只好视作鸿毛，再也顾不了！

舍北晚眺(二首)

庆元元年(1195)九月作于山阴。此诗共二首,描写了诗人家乡迷人的秋色和水乡风情。《唐宋诗醇》认为它写得“自然入画”,表现了作者高超的艺术技巧。

其一

红树青林带暮烟, 并桥常有卖鱼船①。
樊川诗句营丘画②,尽在先生拄杖边③。

① 并:靠,傍。 ② 樊川:晚唐著名诗人杜牧号樊川,著有《樊川集》。杜牧《山行》诗有“霜叶红于二月花”的名句。营丘:北宋名画家李成号营丘。他工山水寒林,烟景万状,为世所宝。 ③ 先生:陆游自指。

翻译

红红的枫,青青的树,缭绕着黄昏的烟霭,
常常有卖鱼的船儿傍着小桥排开。
呵,杜牧的诗情、李成的画意,

都一齐在我拐杖边出没徘徊。

其二

日日津头系小舟①，老人自懒出门游②。

一枝筇杖疏篱外③，占断千岩万壑秋④。

---

① 津头：渡口。 ② 老人：陆游自指。 ③ 筇(qióng)：竹的一种，可作拐杖。筇杖：竹杖。 ④ 占断：占尽。

翻译

一只只小船天天拴在渡口，

我这老头也懒得出门闲游。

手扶一枝竹杖站在疏疏的竹篱外面，

那千山万壑迷人的秋色呵，顿时眼底尽收！

十月十七日予生日也。孤村风雨萧然，偶得二绝句。予生于淮上，是日平旦，大风雨骇人，及予堕地，雨乃止（二首）

庆元元年（1195）十月作于山阴。《山阴陆氏族谱》云："游……于徽宗宣和七（原误作十）年乙巳十月十七日寅时生。"平旦，天刚亮。两首诗记下了陆游出生的日期和情景，同时借生日抒发了诗人功名未遂、老卧孤村的感慨。

其一

少傅奉诏朝京师[①]，舣船生我淮之湄[②]。
宣和七年冬十月，犹是中原无事时[③]。

---

①"少傅"句：少傅：官名，是带衔而非实职，此指陆游父亲陆宰。陆宰，字元钧，号千岩。北宋徽宗宣和七年（1125）十月，陆宰由淮南路转运副使改任京西路转运副使，奉诏由寿春（今安徽寿县）赴京师（汴京）朝见，途中泊船淮河岸，生陆游。 ② 舣（yǐ）：使船靠岸。

湄：岸边。 ③ 无事时：北宋王朝此时实已面临崩溃前夕。这年十二月金主完颜晟南犯占朔州、代州，围太原；徽宗传位太子赵恒，是为钦宗。次年（靖康元年）闰十一月，汴京陷落，徽、钦二帝被金人掳去，北宋由此灭亡。

翻译

我的父亲少傅公为朝见皇上奉命进京，
那天停船在淮河之滨我就降生。
这是宣和七年冬季十月呵，
那时中原大地战火未起风烟还静。

其二

我生急雨暗淮天，出没蛟鼍浪入船[①]。
白首功名无尺寸，茅檐还听雨声眠。

---

① 蛟：蛟龙。古代传说中能发洪水的一种动物。鼍（tuó）：鼍龙，即扬子鳄。

翻译

我出生时乌云暴雨遮黑了淮水的天空，

蛟龙江鳄推波助澜浊浪打进船舱中。

转眼间头已白却没建起一点点杀敌战功，

还只是听着茅檐坠落的雨声黯然入梦。

枕上偶成

庆元元年(1195)十月作于山阴。陆游在诗中怀念北土,表述了他长期坚持的建都关中、复国中兴的夙志。

放臣不复望修门①,身寄江头黄叶村②。
酒渴喜闻疏雨滴③,梦回愁对一灯昏。
河潼形胜宁终弃④?周汉规模要细论⑤。
自恨不如云际雁, 南来犹得过中原。

① 放臣:被放逐的臣子,陆游自指。修门:楚国郢都城门名。见《楚辞·招魂》。这里借指南宋都城临安。 ②"身寄"句:化用苏轼《题李世南所画秋景》诗"家在江南黄叶村"句意。 ③ 酒渴:久不得饮酒。 ④ 河潼:黄河和潼关,当时都被金人占据。形胜:优越的地理条件。宁:岂。终:永远。 ⑤ 周汉规模:周、汉定都立国的规模。细论:仔细研究。

翻译

我这被斥逐的老头不再存重回都城的希望,

只好托身寄住在这江边满是黄叶的村庄。

我久久想望喝酒却欣喜地听到疏落的雨点声声，

一觉梦醒，常常是满怀忧愁对着一盏昏暗的灯光。

呵！难道要永久放弃黄河、潼关那险固优越的地方？

周代、汉代建都立国的规模可要细细研究磋商。

我怨恨自己还不如高入云天的鸿雁，

它在南飞时还可以经过中原大地的故国家乡！

寒夜歌

庆元二年(1196)春作于山阴,陆游时年七十二岁。诗人穷且益坚,老当益壮,他不为个人的穷困悲哀,只为国土的沦丧愤慨。在寒夜里,他不忘国事,慷慨悲歌,希望后起志士为恢复大业继续斗争。全诗充满了诗人的凛凛正气和悲凉之情。

陆子七十犹穷人[①],空山度此冰雪晨。既不能挺长剑以抉九天之云[②],又不能持斗魁以回万物之春[③],食不足以活妻子,化不足以行乡邻[④]。忍饥读书忽白首,行歌拾穗将终身[⑤]。论事愤叱目若炬[⑥],望古踊跃心生尘[⑦]。三万里之黄河入东海,五千仞之太华磨苍旻[⑧]。坐令此地没胡虏,两京宫阙悲荆榛[⑨]。谁施赤手驱蛇龙[⑩]?谁恢天网致凤麟[⑪]?君看煌煌艺祖业[⑫],志士岂得空酸辛!

---

① 陆子:陆游自指。七十:七十岁。当时陆游已七十二岁,说七十是取其整数。 ② 挺:拔。抉(jué):挑开,排开。 ③ 斗魁:北斗七星

一至四星为魁，五至七星为柄。《淮南子·时则训》说斗柄指东，天下为春。 ④ 化：教化，感化。 ⑤ 行歌拾穗：喻指安贫乐道的生活。据《列子·天瑞》载，林类年近百岁，还以拾穗度生，边唱边走。子贡见了叹息说："您老先生不感到遗憾吗？何必边唱边拾为生？"林类听后既不停步，也不停唱。 ⑥ 愤叱：愤怒斥责。炬：火把。据《南史·檀道济传》，檩道济含冤下狱，怒气大作，目光如火把。 ⑦踊跃：受鼓舞。心生尘：心情振奋如尘土飞扬。 ⑧ 太华：西岳华山。苍旻（mín）：苍天，天空。 ⑨ 两京：长安、洛阳。荆榛：荆棘。 ⑩ 赤手：空手。蛇龙：喻指金人。 ⑪ 恢：张大。凤麟：指忠义之士。恢天网，致凤麟，比喻广罗人才。 ⑫ 艺祖：历代开国君主。此指宋太祖赵匡胤。

翻译

我陆游七十多岁了还是一个穷人，

在荒寂的山村挨过冰天雪地的清晨。

我既不能抽长剑排开九重天的乌云，

又不能握斗魁让斗柄向东迎来万物回春。

生活上，我不能养活妻子儿女这骨肉至亲，

德行上，我不能感化近乡比邻的好友亲朋。

我忍饥挨饿埋头苦读，不觉老态龙钟白发鬓鬓，

我将同林类一样边唱歌边拾穗度过余生。

谈起国家大事，我便怒斥连声，目光像火把焰焰腾腾，

回顾古代史事，我便雀跃兴奋，心情像尘土乱舞飞升。

三万里的黄河呵奔流直向东海之滨，

五千仞的华山呵耸立直触青天彩云。

现在却让这神圣的河山沦入金人的垢尘，

悲痛地看着长安洛阳的宫殿满是荆棘丛生！

呵，谁能施展身手尽把蛇龙样的金人驱逐干净？

呵，谁能张大天网招来凤麟样的济济群英？

你看多么辉煌呵！宋太祖创建的开国殊勋！

怎能让叱咤风云的志士无所事事，空自悲伤酸辛！

陇头水

庆元二年(1196)冬作于山阴。《陇头水》,乐府古题,属《横吹曲》。这首诗头四句写战士思念故乡;中四句为诗人告勉战士,鼓励他们立志四方;末四句为战士作答语,抒发报国无路的怨愤。

陇头十月天雨霜①,壮士夜挽绿沉枪②。
卧闻陇水思故乡, 三更起坐泪数行。
我语壮士勉自强, 男儿堕地志四方③。
裹尸马革固其常④,岂若妇女不下堂⑤?
生逢和亲最可伤, 岁辇金絮输胡羌⑥。
夜视太白收光芒⑦,报国欲死无战场!

---

① 陇头:即陇山,亦名陇坂,六盘山南段别称,在今陕西陇县西北,九折迂回,上有清水流离四下,即陇头水。雨(yù):动词,下、降。 ② 绿沉枪:枪杆上漆有深绿色的枪。 ③“男儿”句:借用李白《上安州裴长史书》“男儿生就用弓矢射向四方,大丈夫必有四方之志”意。 ④ 裹尸马革:用马皮裹尸身,指战死沙场。《后汉书·马援传》说:大丈夫应当死在战场上,用马皮包裹尸骨。 ⑤ 妇女不下

堂：妇女不走出正房。语出《穀梁传·襄公三十年》。堂：正房。⑥"生逢"二句：辇(niǎn)：用车载运。金絮：金银布帛。胡羌：指金。绍兴十一年(1141)南宋王朝向金议和，岁贡银二十五万两，绢二十五万匹。隆兴二年(1164)订立"隆兴和议"，每年改纳银二十万两，绢二十万匹。 ⑦太白收光芒：太白星明亮，象征用兵；收光芒，指朝廷无意北伐。

翻译

陇山的十月天大地就落满浓霜，
战士在夜里也提着墨绿色的长枪。
躺卧沙场听那陇头水响，不免勾动思乡情肠，
半夜里惊坐起止不住行行热泪直淌。
我寄语战士说："望你努力呵，自强不息！
堂堂的男子汉生下来就该志在四方，
战死疆场用马皮裹尸不过寻常事儿一桩，
哪能像妇女足不出户整日守着闺房！"
"呵！我这辈子偏碰着朝廷醉心议和，这才使我最最忧伤，
忍看着年年要向金人进献那车载斗量的绢匹银两！
我夜夜起来察看那太白星呵，可它收敛着光芒，
我想以死报国，却没有一振雄风的地方！"

书愤（二首）

庆元三年（1197）春作于山阴，陆游时年七十三岁。陆游在诗中自比于苏武、张巡，但现实使他为国戍边驱敌的理想破灭，只能借诗歌倾吐他满腔的积愤。

其一

白发萧萧卧泽中[1]，只凭天地鉴孤忠[2]。
厄穷苏武餐毡久[3]，忧愤张巡嚼齿空[4]。
细雨春芜上林苑，颓垣夜月洛阳宫[5]。
壮心未与年俱老，死去犹能作鬼雄。

---

① 萧萧：喻白发稀疏。泽中：指陆游闲居山阴镜湖。 ② 孤忠：忠心耿耿而无所支持。 ③ 厄穷：危难穷困。苏武：西汉杜陵人，字子卿。武帝天汉元年以中郎将出使匈奴被扣。后被匈奴徙至北海，苏武食草子、吞毡毛和雪咽之，持汉节牧羊十九年。昭帝即位，与匈奴和亲，苏武始归。 ④ 张巡（709—757）：唐邓州南阳人。安史之乱时，张巡与许远坚守睢阳数月，援绝粮尽，城陷被杀。张巡嚼齿：据《旧唐书·张巡传》，睢阳城破后，尹子奇听说张巡每次打仗往往愤怒得眼眶都迸裂，牙齿也嚼碎，便用大刀剔开张巡的嘴，看见张巡的

牙齿已只剩二三颗。 ⑤“细雨”二句：春芜：春草。颓垣：破墙。二句写长安、洛阳宫殿的凄凉。

翻译

我这白发稀疏的老头幽住在镜湖旁，
只有公正的天地能洞察我报国无门的忠肝义肠。
遭难的苏武熬住了十数年吞毡咽雪的风霜，
忧愤的张巡面对叛贼恨得把牙齿咬碎嚼光！
丝丝的春雨飘洒在上林苑的乱草上，
清冷的夜月照见了洛阳宫的断砖破墙。
我的壮心并没同年岁一起衰老消亡，
纵然死了我也能做鬼中的雄杰英名流芳！

其二

镜里流年两鬓残， 寸心自许尚如丹。
衰迟罢试戎衣窄[①]， 悲愤犹争宝剑寒。
远戍十年临的博[②]， 壮图万里战皋兰[③]。
关河自古无穷事， 谁料如今袖手看[④]！

---

① 衰迟：衰弱晚年。 ② 的博：又作“滴博”，即的博岭，唐代驻军防

卫吐蕃犯扰之地，在今四川红原。十年：陆游在四川七年，十年是举其整数。 ③ 皋兰：地名，在甘肃兰州。 ④ 袖手看：袖手旁观。

翻译

岁月流逝，挡不住明镜里会照出两鬓秃残的模样，
自信我的报国之心却依然忠贞不变！
年老衰弱穿不了紧身的军装，
但悲愤常在，还要让寒光闪闪的宝剑刺向敌人的心脏！
曾经近十年呵驻守在遥远的的博岭前哨，
还要到万里皋兰跃马横枪实现我宏伟的理想！
古往今来征战的事儿无休无止地发生在边远地方，
谁能料到现在却让我在这里袖手观望！

雪夜感旧

庆元三年(1197)冬作于山阴。陆游晚年曾写过不少回忆南郑从军生活的诗，这首则是比较广泛地概述了往返南郑、北临散关的旅途情况，以借忆昔来抒写当前怀抱。诗的前半首描绘实境，气象雄峻。后半首自我勾勒，沉着慷慨。第六句则是倒挽之笔。

江月亭前桦烛香，　龙门阁上驮声长①。
乱山古驿经三折②，**小市孤城宿两当**③。
晚岁犹思事鞍马，　当时那信老耕桑？
绿沉金锁俱尘委④，**雪洒寒灯泪数行**。

---

①“江月亭”二句：江月亭：驿馆名，又名江月馆，在大安县(今属陕西)。桦烛：用桦树皮卷蜡而成的烛。龙门阁：在益昌(今四川广元)北嘉陵江上。驮：牲口载重，此指运载货物的骡马。驮声：骡马颈系铃铛，行走要发出声响。陆游于乾道八年(1172)春赴官南郑时曾经过这两个地方。　② 三折：铺名。在夔州至梁山(四川邻水以东)道中，陆游乾道八年春赴南郑时经过此地。　③ 两当：凤州属县名(今属甘肃)，在大散关西南百里，陆游北上散关时到此。　④ 金锁：锁

子甲。委：积。

翻译

那年赴南郑时，江月馆的桦烛散发出阵阵的油脂香，
龙门阁栈道上的骡马传送出悠悠的铃铛响。
我曾经过那乱山中的古驿三折，
投宿在孤城小县两当。
我虽然年老还想上马杀敌冲向沙场，
当年在南郑、散关从军时怎会想到终老田桑？
长久不用的绿沉枪、锁子甲都积满了尘土灰沙，
对着雪洒昏灯寒夜长，仰天叹气泪落一行又一行！

感秋

庆元四年(1198)七月作于山阴,陆游时年七十四岁。秋来人间,常常唤起诗人悲愁的情怀;在陆游的笔下,悲秋,更充满了忧国忧时的沉郁感情。

秋色关河外,　　秋声天地间。
壮士感此时,　　朝镜凋朱颜[①]。
一身寄空谷[②],　万里梦天山。
噫呜怒眦裂[③],　愤激悲涕潸[④]。
古来真龙驹[⑤],　未必置天闲[⑥];
长松倒涧壑,　　委弃同蓁菅[⑦]。
得志未可测,　　谈笑济时艰。
凛然《出师表》,一字不可删。

① 镜:照镜。朱颜:红润的面容。　② 空谷:空山。　③ 噫呜:怒斥声。眦:眼眶。　④ 潸(shān):涕泪流出的样子。　⑤ 龙驹:良马。⑥ 天闲:皇家马房。闲:养马的地方。　⑦ 蓁(zhēn):草棘。菅(jiān):杂草。

翻译

秋叶黄，秋枫红，这秋色弥漫在边关大河那边，
秋虫鸣，秋风烈，这秋声充塞在蓝天黄地之间。
呵！绚丽的秋色，纷杂的秋声，叩动了壮士的心弦，
早晨照镜最怕的是时光凋落他红润的容颜。
我独自寄身在江南镜湖边的荡荡空山，
梦想的却是身在遥遥万里的天山之巅。
我怒斥，怒目像要睁裂了眼眶，
我悲愤，悲声伴着泪水涟涟。
自古以来真正的骏马，
未必都被皇家马房入选；
呵！我像高大的青松倾倒在山谷沟边，
被人抛弃像荆棘野草不受爱怜。
但我坚信，壮士难说不会有得志的一天，
挽救时势的艰危就在他们的谈笑挥手之间。
呵！诸葛亮写的凛凛的《出师表》呵，
那真是不能增减一字的雄文巨篇！

沈园(二首)

庆元五年(1199)春作于山阴,陆游时年七十五岁。沈园,旧址在今浙江绍兴禹迹寺南面。这是一首悼念诗。陆游早年与表妹唐琬结婚,感情极好,但被陆游母亲所嫌,两人被迫离异。后唐改嫁,陆另娶。绍兴二十五年(1155)春,陆游与唐琬在沈园邂逅。陆游曾题《钗头凤》词于园壁。不久唐琬病逝。庆元五年春,陆游又至沈园,物是人非,睹物思人,伤感倍增,便写了这两首诗。诗意凄怆动人,既有对唐琬的深切悼念,又有对封建婚姻制度的深广怨愤。

其一

城上斜阳画角哀①,沈园非复旧池台。

伤心桥下春波绿②,曾是惊鸿照影来③。

---

① 画角:彩绘军用号角。 ②“伤心”句:据《康熙会稽县志》卷一《疆域志·津梁》记载,绍兴禹迹寺南沈园有罗汉桥,旧名春波桥。徐承烈《听雨轩笔记》卷三也说俗名罗汉桥,桥额有“春波”二字。 ③ 惊鸿:受惊的鸿雁,起飞翩然,以喻指女子体态轻盈多姿,此指唐琬之美。

翻译

城上抹着落日的余晖，画角一声一声诉着悲哀，

从前的沈园已经变样，不再是原先的池沼亭台。

最叫人伤心的是那罗汉桥下一潭碧绿的春水，

呵！那春水曾照出她惊鸿般倩影的轻盈风采！

其二

梦断香消四十年[①]，沈园柳老不吹绵[②]。

此身行作稽山土[③]，犹吊遗踪一泫然[④]！

---

① 梦断香消：指唐琬逝世。据此，唐琬之死约在陆游三十五岁前后。

② 绵：指柳絮。 ③ 行：将。稽山：即会稽山，在今浙江绍兴东南。

④ 泫（xuàn）然：流泪的样子。

翻译

梦魂不再，芳香消逝，她已经长眠了四十多年，

沈园的翠柳也衰老得不再吐絮含烟。

我纵然也快要死去变成稽山下的一抔黄土，

但在凭吊旧日遗留下的游踪时却不免一再泪涌如泉！

喜雨歌

庆元五年(1199)夏作于山阴。诗人长期住在农村,与村民有了同欢共乐的真切感情。这年天旱,六月下了一场及时雨,诗人也为农民唱出了内心的忧乐。

不雨珠，不雨玉， 六月得雨真雨粟[①]。
十年水旱食半菽[②]，民伐桑柘卖黄犊[③]。
去年小稔已食足[④]，今年当得厌酒肉[⑤]。
斯民醉饱定复哭， 几人不见今年熟!

① 雨(yù):动词,降。粟:谷。 ② 食半菽:语出《汉书·项籍传》,半菜半粮,指粗劣饭食。菽:豆类。 ③ 柘(zhè):柘树,叶可饲蚕。犊:小牛。 ④ 小稔(rěn):庄稼小熟。 ⑤ 厌:同"餍",吃饱。

翻译

不盼老天下珍珠,不盼老天下美玉,
只盼六月老天下时雨,时雨下足才算老天给人送稻谷。
十年水灾旱灾相连续,农民半菜半粮塞空腹,东家砍桑树，西家剁柘木，有人卖掉小牛小羊小牲畜。

去年侥幸有小熟，大家总算饮食足，

今年大概又能痛痛快快喝酒又吃肉。

种田人呵种田人，酒醉饭饱后一定又会哭：

痛惜多少饿鬼饥魂没见着今年五谷丰登庄稼熟！

北望感怀

庆元五年(1199)冬作于山阴。陆游在企首北望时，又激起了他对南宋统治集团热衷私斗、误国误民罪恶的愤慨心情。

荣河温洛帝王州[①]，七十年来禾黍秋[②]。
大事竟为朋党误[③]，遗民空叹岁时遒[④]。
乾坤恨入新丰酒[⑤]，霜露寒侵季子裘[⑥]。
食粟本同天下责，孤臣敢独废深忧[⑦]！

① 荣河温洛：指黄河、洛水一带，当时被金人占据。 ② 七十年：自高宗建炎元年(1127)至宁宗庆元五年凡七十三年。禾黍秋：《诗经·王风·黍离》，《诗序》认为是周大夫悲周朝宗庙宫室倾覆而作。此借指中原久在金人之手。 ③ 朋党：此指结党营私，不图收复北方的大臣。 ④ 遒(qiú)：迫，快。 ⑤ 乾坤恨：指中原未复之恨。新丰酒：喻有志难酬的志士。唐马周有奇才，生活贫困，曾在新丰(今陕西西安新丰)旅舍饮酒时受困。 ⑥ 季子裘：据《战国策·秦策》，苏秦游说秦王遇挫，生活几乎陷于绝境。穿的黑貂皮衣也破损不堪，穷愁潦倒，回家时受尽嫂子的嘲笑。苏秦的嫂嫂称他为“季

子”。此以苏秦游说失败喻指作者北伐建议未被采用。 ⑦ 孤臣：陆游自称。

翻译

黄河洛水一带自古是帝王建都立国的好地方，
现在它像那周都倾覆长出禾黍已经历七十多年沧桑。
收复大业竟接连葬送在结党营私的大臣手中，
北方百姓白白叹息时光一年年过得十分匆忙。
我像马周受嘲后痛饮新丰酒，以消除中原难复的忧愤怨怅，
也像苏秦受挫破衣返乡，忍受着壮志未酬的痛苦创伤！
呵，吃着国家的食粮就该担起天下兴亡的神圣职责，
我陆游怎敢把深沉的家国之忧独自遗忘！

冬夜读书示子聿(其三)

庆元五年(1199)冬作于山阴。子聿,即陆子遹(yù),字怀祖,官溧阳令、知严州,是陆游最小的儿子。此诗共八首,这里选的是第三首。这是陆游向子聿谈学习体会的一首诗。诗人强调知识不是生来就具有,也不是通过走捷径可以获得的;又指出单从书本上得来的知识,体会终究是肤浅的,必须亲身实行,才能领会深刻。这些经验之谈都能给人以启迪。

古人学问无遗力①,少壮工夫老始成。
纸上得来终觉浅, 绝知此事要躬行②。

① 无:毋。遗:留。无遗力:不要惜力,应竭力而为。 ② 绝知:真正知道。

翻译

古人从来竭尽全力去追求知识追求学问,

年轻时候下苦功到老才能学成。

单凭纸上、书上得到的知识终觉得还浅薄，

我深知求取真知灼见要靠身体力行。

追感往事(其五)

宁宗嘉泰元年(1201)春作于山阴,陆游时年七十七岁。此诗共五首,这里选的是第五首。诗人不仅抨击秦桧的当权误国,也痛斥了整个昏庸的南宋统治集团。第二、第四句,都用透过一层的写法,有力地表现了陆游的愤慨心情。

诸公可叹善谋身①,误国当时岂一秦②。
不望夷吾出江左③,新亭对泣亦无人④!

① 诸公:指朝廷中的主和派人物。善谋身:善于谋取个人利益。
② 秦:秦桧。 ③“夷吾”句:夷吾:春秋时的管仲。江左:江东,长江下游。晋元帝司马睿渡江建东晋之初,国势微弱,士大夫桓彝、温峤等十分忧虑。后王导对他们说:“南方自有管仲,我还忧虑什么!”见《晋书·王导传》《晋书·温峤传》。 ④ 新亭:古地名,故址在今南京。新亭对泣:喻对故国的怀念。语出《世说新语·言语》。

翻译

可叹呵，可悲！诸位大臣真算是谋私钻营、保全自身的能人！

把国家引入歧途带来灾难的又何止秦桧一人！

别指望朝廷里会出现管仲那样的贤明大臣，

就连像新亭痛哭为国事担忧的人也无法找寻！

追忆征西幕中旧事(四首选三)

嘉泰元年(1201)冬作于山阴。此诗共四首,这里选的是前三首。征西幕中,指王炎幕府。这三首绝句,都是追旧抚今之作,但内容各有侧重,写法也有不同。第一首运用今昔对比手法,突出表现陆游壮志未酬的愤慨。第二首用浓墨重彩,写昔日的雄姿,壮年的理想,显示出老诗人那永不衰竭的战斗热情。第三首用反衬手法,写出中原父老的爱国热忱,更衬出南宋统治集团的腐朽。

其一

大散关头北望秦,　自期谈笑扫胡尘。
收身死向农桑社[1],　何止明明两世人[2]。

---

① 收身:结束一生。社:古代以二十五户为一社。　② 世:古称父子相继为一世。

翻译

曾记得大散关前向北眺望失地的情景，

我自信能在谈笑之间把敌人扫除干净。

谁能料到我最终竟要在田园里了此一生，

呵，今昔的陆游明明判若两世又何止是两世人！

其二

小猎南山雪未消[1]，绣旗斜卷玉骢骄[2]。

不如意事常千万[3]，空想先锋宿渭桥[4]。

---

① 南山：指秦岭南山以南、南郑以西的中梁山。 ② 玉骢：青白色的马。骄：指马高大雄骏、高视阔步，此以马喻人。 ③“不如意”句：出《晋书·羊祜传》羊祜语：天下不如意的事常十有八九。 ④ 渭桥：有三，一，西渭桥，在咸阳市西南；二，中渭桥，在长安故城西北，接咸阳界；三，东渭桥，在长安县东北，接临潼县境。三桥都在长安附近。

翻译

记得中梁山小规模打猎时积雪还没化掉，

锦旗斜卷猎猎飘，骏马奔腾逞英豪！
可天下不称心的事儿常常有万万千千，
宋军进兵长安，先锋驻扎渭桥的希望早已破灭了！

其三

忆昨王师戍陇回，　遗民日夜望行台[①]。
不论夹道壶浆满[②]，洛笋河鲂次第来[③]。

---

① 行台：指驻在汉中的四川宣抚使司。　② 不论：不消说。壶浆满：壶中满盛水浆。　③ 洛笋：洛水之笋。河鲂（fáng）：黄河之鲂（鳊鱼）。据陆游自注，他在南郑的时候，汉中军民有犒献这两种特产的。

翻译

忘不了以前大军防守陇山从前线返回，
中原父老日日夜夜心向着我将帅的驻地所在。
他们不但捧着茶水、酒浆夹道迎接士兵，
还把洛水的鲜笋、黄河的活鱼一次次送上门来。

梅花绝句(其三)

嘉泰二年(1202)春作于山阴,陆游时年七十八岁。此诗共六首,这里选的是第三首。陆游爱梅花,也写过不少梅花诗。这首诗表现了诗人对笑傲寒风的梅花的爱慕心情。

闻道梅花坼晓风[①]**,雪堆遍满四山中。**
何方可化身千亿[②]**,一树梅前一放翁?**

---

① 坼(chè):裂开。 ② 方:法。

翻译

听说迎着破晓的寒风绽开了枝枝梅花,
像白雪一般布满四围山中。
呵!有什么办法使我变出千千万万个身子,
让每一棵梅花前都有个放翁在把它赞夸!

秋思（其一）

嘉泰三年（1203）秋作于山阴，陆游时年七十九岁。此诗共三首，这里选的是第一首。诗人选择了红树、黄花、碧天、金风、灰雁，稍加点染，把秋光写得有声有色，极富生活气息。

乌桕微丹菊渐开[①]，天高风送雁声哀。
诗情也似并刀快[②]，剪得秋光入卷来。

① 乌桕（jiù）：树名，落叶乔木，微霜未落叶即呈红色。 ② 并刀：并州（今山西太原）的剪刀，以锋利著称。

翻译

乌桕叶儿微微透红，菊花渐渐露笑容，
哀哀的雁鸣在亢爽的天宇，阵阵的秋风中传送。
呵！我写诗的灵感也像并州剪刀那样快利，
能把大好的秋光裁剪进我的诗中。

送辛幼安殿撰造朝

嘉泰四年(1204)春作于山阴,陆游时年八十岁。辛弃疾,字幼安,号稼轩,济南历城(今属山东)人,南宋著名的爱国词人。青少年时曾聚合二千多人参加耿京的抗金起义军。后南归,历任湖北、湖南、江西等地的地方官。因朝廷忌疑排挤他,曾袭职闲居二十年之久。嘉泰三年才被起用知绍兴府兼浙东路安抚使。冬天,宁宗下诏召见他。(据《宝庆会稽续志》卷二《安抚题名》:"十二月二十八日召赴行在。")陆游写诗送别,已是嘉泰四年春(李心传《建炎以来朝野杂记》载辛入见在四年正月)。殿撰,辛以朝清大夫、集英殿修撰衔知绍兴府,"殿撰"即集英殿修撰的简称。造,到。这首赠别诗,艺术地表现了两位爱国诗人建立在共同思想基础上的深情厚谊,表达了陆游对辛弃疾的高度评价,殷切期望和深挚友情。全诗写得激情充沛,气吞河山。

稼轩落笔凌鲍谢①,退避声名称学稼②。十年高卧不出门③,参透南宗牧牛话④。功名固是券内事⑤,且葺园庐了婚嫁⑥。千篇昌谷诗满囊⑦,万

卷郦侯书插架[8]。忽然起冠东诸侯[9]，黄旗皂纛从天下[10]。圣朝仄席意未快[11]，尺一东来烦促驾[12]。大材小用古所叹，管仲萧何实流亚[13]。天山挂旆或少须[14]，先挽银河洗嵩华[15]。中原麟凤争自奋[16]，残虏犬羊何足吓[17]。但令小试出绪余[18]，青史英豪可雄跨[19]。古来立事戒轻发[20]，往往谗夫出乘罅[21]。深仇积愤在逆胡，不用追思灞亭夜[22]。

---

① 凌：超。鲍谢：鲍照和谢灵运，均为南朝宋时著名诗人。 ② 称学稼：辛弃疾在淳熙八年(1181)被弹劾罢官，归居信州(今江西上饶)带湖，自号"稼轩居士"。辛弃疾在《踏莎行》(赋稼轩)词中说此号取向"老农学稼"之意。 ③ 十年高卧：辛弃疾从四十三岁起，曾长期闲居江西达二十年。前十一年(淳熙八年至绍熙三年)住信州带湖；后十年(绍熙五年至嘉泰三年)住带湖和铅山(今江西铅山)瓢泉。此指辛出知绍兴府前十年的闲居生活。 ④ 参：佛家语，领悟佛教教义。参透：彻底领悟。南宗：我国古代佛教禅宗派别名，以慧能和尚为宗师。牧牛：佛家语，比喻修心养性的事。牧牛话：据《景德传灯录》，慧藏禅师与马祖对话，慧藏答以"放牛""见牛一进草丛便拽回它来"，被马祖赞为"真牧牛师"。佛教用牧牛比修行，意为一步放松不得。 ⑤ 券：古代契据，二联，当事人各执其一，以为凭据。券内事：喻事情保证可以成功。 ⑥ 葺(qì)：修缮。了：了结。 ⑦ 昌谷：唐著名诗人李贺，家居河南府福昌县昌谷乡(今河南宜阳)。

诗满囊：李贺外出时，遇有所得，便记录下来，投入随身携带的锦囊中。 ⑧ 邺侯：唐德宗时宰相李泌，封邺侯。他藏书极多，韩愈《送诸葛觉往随州读书》诗称其书“插架三万”。 ⑨ 起：起用。冠：冠首。东诸侯：语出《左传·成公十六年》郤犨统管东方各诸侯。此借指浙东路各州的行政长官。冠东诸侯：指辛弃疾任浙东路安抚使，管辖各州。 ⑩ 皂：黑色。纛（dào）：大旗。黄旗皂纛：指安抚使出行仪仗中的旗帜。 ⑪ 圣朝：指当代皇帝宋宁宗。仄席：同侧席，恭待贤良的样子。 ⑫ 尺一：诏书代称。古代用一尺一寸长的版写诏书。东来：绍兴府在临安的东面，故说诏书向东来。 ⑬ 萧何：汉高祖刘邦的谋臣与相国。流亚：不相上下。同等为流，次等为亚。 ⑭ 旆（pèi）：镶边的旗子。少须：稍待一些时候。 ⑮ 嵩华：中岳嵩山、西岳华山。在今陕西、河南两省境内。 ⑯ 中原麟凤：喻指中原地区抗金志士。 ⑰ 吓：使人惊恐。 ⑱ 小试：稍稍施展。出绪余：出点余力。 ⑲ 雄跨：豪迈地跨越。 ⑳ 轻发：轻举妄动。 ㉑ 谗夫：造谣生事的人。罅（xià）：缺口。 ㉒ 灞亭：即灞陵亭，在今陕西西安市郊。灞亭夜：指汉李广受辱后怒斩灞陵尉的事，此指报私仇。

翻译

稼轩呵！你创作的成就已远远把鲍照、谢灵运甩下，

你退休闲居，不慕名声，自称要向老农学种庄稼。

你闭门高卧，足不出户，十年来不问尘世嘈杂，

像慧藏禅师修心养性的功夫深透得实在到家。
立功扬名本是你很有把握的事，就像胜券手中稳拿，
故且先整修好田园房舍，办完子女的婚嫁。
你创作之丰像李贺千篇妙诗积满锦囊博得百倍声价，
你藏书之富又像李泌万卷珍本插满了一排排书架。
忽然你重新任职把浙东各州管辖，
黄旗帜，黑大旗，那出行的仪仗就像从天而下。
圣上感到侧席欠身聆听你的宏论还没心满意洽，
便下了一道诏书从临安东来催你回朝快出发。
大材小用是自古就被传说的懊恼话，
谁不知道你同管仲、萧何实在难分上下！
稼轩呵！让天山高挂帅旗恐还得等些时日，且先作罢，
但你能引来天河水先把嵩山、太华的烽烟洗刷。
你的出师会使中原地区的抗金志士意气风发，
残余的敌人不过是犬羊之辈有什么可怕！
只要你分出一点余力小试身手一声叱咤，
那历史上多少英雄豪杰便可被你豪迈地轻跨！
自古以来创立业绩最忌轻举妄动和浮夸，
因为那些惯于说长道短的谗人会乘虚而入，私下磨牙。
期望你呵！把我们的深仇大恨集中在金人身上吧，
不要像李广那样把灞陵受辱的小事在心上记挂！

书事（四首选二）

嘉泰四年（1204）七月作于山阴。此诗共四首，这里选的是第一、第三两首。陆游听到宰相韩侂胄准备北伐，就预想胜利，预谱凯歌，畅想着祖国河山光复后的壮丽多彩的景象。

其一

闻道舆图次第还[1]，黄河依旧抱潼关。

会当小驻平戎帐[2]，饶益南亭看华山[3]。

---

① 舆图：地图，版图，此指失地。 ② 会当：应当。平戎帐：平戎将军的帐幕，即北伐的军帐。 ③ 饶益南亭：据陆游自注，在饶益寺南亭上，能完全把华山的胜景一览无遗。饶益寺，在朝邑县（今属陕西）南十里，梁时建。

翻译

听说将北伐了，过去的失地会一块接一块收还，

黄河会重抖昔日雄姿，回抱着险峻的潼关。

这时候呵，我便应在平戎将军的军帐里暂住，

到饶益寺南亭把华山的秀色饱览！

其三

鸭绿桑乾尽汉天①，传烽自合过祁连②。

功名在子何殊我③，惟恨无人快著鞭④。

---

① 鸭绿：水名，在今辽宁省。桑乾，水名，在今河北省。尽汉天：此指都被宋朝收复。 ② 自合：自然应该。祁连：山名，在甘肃省一带。③ 子：您。何殊我：对我有什么两样。 ④ 著鞭：加鞭。

翻译

鸭绿、桑乾全都回到大宋的怀抱里边，

北伐的烽火自然还应该越过祁连。

您得了战功英名，就同我自己得了功名一样欣慰，

只可恨现在还没人快马加鞭开赴前线。

太息(三首选二)

嘉泰四年(1204)十月作于山阴。此诗共三首,这里选的是第一、第三两首。第一首写了贫民在天灾人祸袭击下的辛酸生活。第三首突出地揭露了统治阶级对人民的残酷剥削。从这两首小诗里,可以感受到陆游对下层人民的同情。

其一

太息贫家似破船[1],不容一夕得安眠。

春忧水潦秋防旱[2],左右枝梧且过年[3]。

---

① 太息:叹息。 ② 潦:同“涝”。 ③ 枝梧:这里是支持、对付的意思。

翻译

我长长地叹息那贫苦人家就像汪洋中的一条破船,

困窘得简直不容许他们有一个晚上安稳地睡眠。

春天他们担忧发水灾,秋天又提心吊胆地防着天旱,真是狼狈不堪、左右为难，勉勉强强对付着直到过年。

其三

北陌东阡有故墟[①]，辛勤见汝昔营居[②]。

豪吞暗蚀皆逃去[③]，窥户无人草满庐。

① 陌、阡：地垄。故墟：废弃的故居。 ② 汝：指从前住在旧居的人。 ③ 豪吞暗蚀：公开残酷的掠夺和无形积渐的敲剥。

翻译

一座座破陋的旧房留在北面东面的地垄旁，

我过去曾见你们流血流汗开荒、辛辛苦苦盖房。

公开的掠夺，无形的敲剥，逼得你们全都四散逃亡，

眼前只见房空人去野草长得好旺！

客从城中来

开禧元年(1205)闰八月作于山阴,陆游时年八十一岁。陆游通过与城中来客的对话,抨击了当时抗金问题上的“须岁月”论,并对拥兵不前的将帅提出严厉的责问,表示了作者至老不衰的报国、忧国心情。

客从城中来, 相视惨不悦[①];
引杯抚长剑[②],慨叹胡未灭。
我亦为悲愤, 共论到明发[③]。
向来酣斗时[④],人情愿少歇[⑤]。
及今数十秋[⑥],复谓须岁月[⑦]。
诸将尔何心, 安坐望旄节[⑧]!

---

① 相视:看他。 ② 引杯:喝酒。抚:持,按。 ③ 明发:天亮。 ④ 酣斗:痛快地厮杀。指孝宗隆兴初年(1163)的符离之战。 ⑤ 人情:指主和派的意见。 ⑥ 数十秋:自隆兴二年(1164)南宋与金议和,到作此诗时已有四十二年。 ⑦ 须:等,待。 ⑧ 旄节:古代使臣或节度使以上主军事的将帅所持的信物。

翻译

有一位客人从城里来我家做客，

他的神色是那样凄然见不到一丝喜悦。

他只是一边喝酒一边抚摩着长长的宝剑，

一声一声慷慨地叹息着金人还没有消灭。

我也被他激起满腔悲愤，不禁气涌血热！

一起议论国家大事直到东方发白。

当年符离之战正痛快激烈厮杀的时候，

朝廷中有些大臣就嚷嚷着要稍稍停歇。

现在金人占据中原已经几十个年头了，

可他们还在一个劲儿说抗金用兵要等许多年月。

诸位将领呵，你们究竟安的是什么心呵，

竟忍心按兵不动、望眼巴巴地坐待加官晋爵！

醉歌(其二)

开禧二年(1206)冬作于山阴,陆游时年八十二岁。此诗共二首,这里选的是第二首。这首诗回忆南郑从军时习武纵猎的豪壮场面,用今天貂裘血渍、虎骨作枕作对照,一方面表述了诗人老卧江湖壮志未遂的悲愤,一方面又抒发老当益壮的雄心。全诗写得境界广阔,扼要含蓄,形象雄奇,是陆游七绝中杰出的作品。

百骑河滩猎盛秋[1],**至今血渍短貂裘。**

谁知老卧江湖上,犹枕当年虎髑髅[2]。

① 河滩:指南沮水岸边。陆游《三山杜门作歌》有"南沮水边秋射虎"的诗句。南沮水,沮河(水名,源出陕西,流入汉水)南段。 ② 髑髅(dú lóu):死人头骨。此指死虎头骨。

翻译

秋风正烈百匹骏马在沮水南岸纵猎显身手,

至今短皮袄上还沾着凶禽猛兽的血垢。

谁知我竟终老在湖山间遨游，

雄心难灭呵！我还把那年射猎得来的虎骨做枕头！

闻新雁有感（其二）

嘉定元年(1208)秋作于山阴，陆游时年八十四岁。此诗共二首，这里选的是第二首。这首诗和前选《闻雁》七绝都是从闻雁来抒写诗人对北方失地的关切。但两诗构思角度不同。《闻雁》写陆游自己的生活感受，突出在江南送雁，感念秦关汉苑收复消息的杳然，人为主而雁为宾。这首则全是写雁，从雁引起联想。问南飞雁是否还记得途中经过的北方。这是借此来提醒当时的人们，不要忘掉恢复大计。它的艺术特色就是民歌的"托兴"。

新雁南来片影孤，　冷云深处宿菰芦①。
不知湘水巴陵路②，　曾记渔阳上谷无③？

---

① 菰(gū)芦：茭白和芦苇。　② 湘水：水名，源出广西兴安海阳山，东北流，又北流入洞庭湖。旧说鸿雁南飞到湘水所流经的衡阳而回。巴陵：宋岳州巴陵郡，治巴陵县(今湖南岳阳)。　③ 上谷：地名，包括今河北中部、西北及西部。郡治即今河北怀来东南。

翻译

你是一只孤孤单单向南飞来的大雁，

你飘飞在阴冷的云际又投宿在芦苇、茭田。

不知你南飞前往湘水、巴陵的路途中，

还记得你经过的渔阳、上谷是怎样的容颜？

春寒(二首)

嘉定二年(1209)正月作于山阴,陆游时年八十五岁。这年元旦至初七,连日大雪,特别寒冷。第一首构思奇特,可以说前人从没有道过。它用的是加倍衬托手法,把惊心动魄的尧时的洪水、昆阳酣战时的大雷雨,说成还不可怕,从而渲染出“不可当”的是严酷的春寒。但陆游这样写,用意不在写春寒,而是为了说明特大的天灾、敌人的战骑都是可以抵御的。这就赋予了这首诗以积极的意义。第二首的表现手法是从唐诗人李商隐的《泪》诗变化而来,但主题不同。它是用贵族权门的奢侈淫逸和老百姓的穷苦生活相对比,对前者作了调侃式的揭露,而对后者则寄予了同情。

其一

滔天来洚水①,震瓦战昆阳②。

此敌犹能御, 春寒不可当。

---

① 滔天:漫天,形容水势之大。洚(jiàng)水:泛滥的大水。 ②“震瓦”句:据《后汉书·光武帝纪》,汉光武帝刘秀和王莽战于昆阳(今

河南叶县)，莽军大败，又碰上大雷雨，雨暴如注，屋瓦皆飞，河水泛滥，逃跑的王莽士兵蹚水淹死的成千上万，连水都被死尸堵住了。

翻译

唐尧时那滔滔洪水汹涌横流天际来，

刘秀、王莽昆阳交战时，雷轰屋瓦暴雨翻江海。

洪水、战火之患人力还能抵御挽回，

彻骨透冷的春寒呵，倒是无法抵挡势猛不可摧！

其二

高楼坠绿珠①，恶客碎珊瑚②。

未抵春寒夜，贫翁丧故襦③。

---

①“高楼”句：据《晋书·石崇传》：绿珠是西晋大豪强石崇宠爱的家妓，权贵孙秀派人向石崇索要，被石崇拒绝。孙秀便伪托皇帝诏命捕捉石崇。石崇正在金谷园的楼上和绿珠宴饮，收捕士兵到门，绿珠便跳楼自杀。　②“恶客”句：据《世说新语·汰侈》：西晋时石崇与晋武帝舅舅王恺比阔气，武帝常资助王恺，曾送王恺一株二尺多高的珊瑚树，那是当时的稀世珍宝。王恺给石崇看，石崇看罢，满不在乎，便用铁如意(一种搔痒小杖)敲击，珊瑚应声而碎。　③故襦：

旧短袄。

翻译

从高高的楼上跌死了绿珠，

恶作剧的石崇敲碎了王恺的珊瑚。

失掉爱妓、失去珍宝都还算不了什么，

它们总比不上春寒之夜穷老头丢失旧棉袄那样痛苦！

赏山园牡丹有感

嘉定二年(1209)三月作于山阴。山园,陆游的家园,在山阴县西的三山,地名西村。《宝庆会稽续志》云:"牡丹自吴越时盛于会稽。"陆游观赏牡丹,意在"有感",借写北方牡丹以寄托收复中原的愿望。

洛阳牡丹面径尺①,鄜畤牡丹高丈余②。
世间尤物有如此③,恨我总角东吴居④。
俗人用意苦偏促, 目所未见辄谓无⑤。
周汉故都亦岂远⑥,安得尺棰驱群胡⑦!

① 径尺:直径达一尺。 ② 鄜畤(fū zhì):秦文公所建祭天神白帝的地方,在鄜州(今陕西富平)。畤是古时祭祀天地五帝的固定处所。 ③ 尤物:原指美貌女子,引申为美好珍贵的物品。 ④"恨我"句:总:收。角:小髻。总角:童年时代。东吴:指会稽郡。据《水经注·渐江水》说,世人所说的三吴,即吴兴、吴郡、会稽。会稽因在东,故称东吴。陆游三岁自北方归山阴旧居,六岁至八岁避乱至东阳山中,九岁又归山阴,直到十六岁,都在家乡。 ⑤ 辄:往往。 ⑥"周汉"句:据陆游自注,山阴离长安三千七百四十里,离洛阳二千

八百九十里。　⑦ 棰(chuí)：鞭子。

翻译

洛阳的牡丹那艳艳的花盘有一寸多宽，

鄜畤的牡丹那亭亭的枝干有丈把多高。

人世间珍贵的物品竟如此美好，

可惜我孩提时住在山阴没能见到。

世俗庸人的心意太狭隘浅陋，

眼所没见的就说它不存在、不可靠。

难道说山阴离周汉旧都长安、洛阳就那么遥远？

怎能得到一杆鞭子赶尽金人到故都赏花逍遥！

示儿

嘉定二年(1209)冬十二月作于山阴,这是诗人的绝笔诗。张淏《宝庆会稽续志》、《宋史·陆游传》都说诗人“嘉定二年卒,年八十五”。《山阴陆氏族谱》云:“宁宗嘉定二年己丑十二月二十九日卒,年八十五。”本年十二月小,二十九日己丑是除夕(1210 年 1 月 26 日)。陆游同乡诗弟子苏泂《泠然斋集》卷六《金陵杂兴》之一云:“三山掺别是前年,除夜还家翁已仙。”证实苏泂除夜还山阴时陆游逝世。陈振孙、钱大昕、铃木虎雄关于陆游卒于嘉定三年的说法是错误的。陆游有七子,即子虡、子龙、子修、子坦、子约、子布、子遹。此诗是中国历史上近八百年来最激动人心的爱国主义诗篇之一。诗人临终作《示儿》诗,不说别的遗言,明知死去万事皆空,却独对北定中原不忘,只说不见九州一统的遗恨,还要儿子们家祭时用收复中原的喜讯告慰自己的英灵,正如朱自清先生所说:“这是他的爱国热诚的理想化。”(《爱国诗》)

死去元知万事空[①]**,但悲不见九州同**[②]**。**

王师北定中原日, 家祭无忘告乃翁[③]**。**

① 元:原。 ② 九州:泛指中国。 ③ 无:毋,不要。乃翁:你父,陆游自指。

翻译

人死去原知道万事皆空,

只悲痛没亲见南北一统。

南宋大军哪日北伐凯歌声动,

祭祖时莫忘把喜讯禀告老翁!

词

钗头凤

周密《齐东野语》称该词是陆游于绍兴二十五年(1155),三十一岁时作。陆游初娶表妹唐琬,伉俪甚笃。但陆游母亲却不喜唐琬,唐琬终被休遣,夫妇被迫分离。后来陆游另娶,唐琬则改嫁赵士程。一次陆游春日出游,在沈园与唐琬邂逅。唐琬以酒肴殷勤款待,陆游感伤之至,便在园壁上题下这首《钗头凤》词。《钗头凤》,词调名。全词叙写陆游深切怀念唐琬的真挚情愫,暴露出封建社会婚姻不自由的悲惨事实,是一首控诉和抗议不合理的封建婚姻制度的力作。

红酥手[①],黄縢酒[②],满城春色宫墙柳[③]。东风恶,欢情薄[④],一怀愁绪,几年离索[⑤]。错,错,错!　　春如旧,人空瘦,泪痕红浥鲛绡透[⑥]。桃花落,闲池阁,山盟虽在[⑦],锦书难托[⑧]。莫,莫,莫[⑨]!

---

① 红酥:红润白腻。　② 黄縢(téng)酒:一种宫酒。陈鹄《耆旧续闻》说是"黄封酒"。　③"满城"句:柳喻唐琬的改嫁,故陆游可望而

不可即。绍兴是古越都，宋高宗又曾以此为都，故有宫墙。 ④“东风”二句：喻封建婚姻制度的摧逼。 ⑤ 离索：离散，分居。 ⑥ 红：指胭脂。浥(yì)：湿润。鲛绡：一种丝绸手帕。 ⑦ 山盟：盟誓如山。 ⑧ 锦书：书信。 ⑨ 莫：罢，绝望之语。

翻译

看见了红润润白嫩嫩的手，
捧过了黄澄澄香冽冽的酒，
赏过了满城春光、绿依依杨柳拂城楼。
东风无情落春花，花魂留枝头，
欢情恩爱变淡薄，柔意难回首，
一缕缕愁思呵满怀的相思愁，
一年年分离呵几回的泪长流。
咬碎钢牙一声二声又三声“错”字吐出口！

春依然明媚锦绣，
人白白相思枯瘦，
锦手帕斑斑累累红泪珠打透。
桃花片阵阵春风吹得荡悠悠，
只落得绿池小楼把春色空相守，
仍记着山样的盟誓天长地久，
只今后眷眷书信托谁寄、谁接收。
咽下幽恨一次二次又三次
“莫”字吐出口！

水调歌头

多景楼

孝宗隆兴二年(1164)秋冬间作于镇江,陆游时年四十岁,任镇江通判。多景楼,在镇江北固山甘露寺内,北临长江。据张孝祥《题陆务观多景楼长句》,此楼本为天下著名胜迹,但废为佛教徒所居,已不知多少年。桐庐方滋知镇江府事时,曾于暇时来赏,慨然叹其破败。寺僧领会其意,便重新修建,一月后楼成。陆游便写了此词,张孝祥书刻于崖石上。方滋,字务德,两过五处州府长官,几路安抚使。据《嘉定镇江志》,隆兴二年八月他再任知镇江府事;新楼落成,当在九十月间。《水调歌头》,词调名。这是一首怀古感今之作,其时正当符离之战后一年,张浚刚死,金兵再度南犯。词的上片期望有孙、刘那样的人物出现,以建立抗金战功;下片歌颂羊祜在统一事业中所作出的贡献。陆游借此抒发了慷慨的抗战激情。这首词是南宋时期借登临北固山述怀的第一篇爱国词。其后陈亮淳熙十五年(1188)写的《念奴娇·望多景楼》、辛弃疾嘉泰四年(1204)写的《永遇乐·京口北固亭怀古》,无不受到陆游这首词作的影响。

江左占形胜[1]，最数古徐州[2]。连山如画，佳处缥渺著危楼[3]。鼓角临风悲壮，烽火连空明灭[4]，往事忆孙刘[5]。千里曜戈甲[6]，万灶宿貔貅[7]。　露沾草，风落木，岁方秋。使君宏放，谈笑洗尽古今愁[8]。不见襄阳登览[9]，磨灭游人无数，遗恨黯难收。叔子独千载，名与汉江流[10]。

---

① 占：居，据有。 ② 古徐州：东晋时以镇江为南徐州，这里的古徐州即指此。 ③ 缥渺：隐隐约约、若有若无的样子。著：安放。危：高。 ④ “鼓角”二句：连空：连天。明灭：忽明忽灭。隆兴二年十月，金主完颜雍挥兵渡淮南犯，江防紧张，故有鼓角与隔江报警的连天烽火。 ⑤ 孙刘：孙权、刘备。二人曾合力破曹，传说他们在甘露寺共商过军机大事。 ⑥ 千里：指长江以北广大的平原。曜：同“耀”，照耀。 ⑦ 灶：军中的炊灶。貔貅(pí xiū)：古代传说中的猛兽，常比喻勇猛的军队。 ⑧ “使君”二句：使君：汉时刺史的称呼，后用作州郡长官的尊称。方滋是镇江府行政长官，故称。宏放：宏伟豪放。古今愁：重在“今愁”。 ⑨ 襄阳：今湖北襄樊。登览：西晋初羊祜曾登襄阳岘山，说：此山常在，可前代的人物都已消灭无闻，自己死后魂魄应登此山。说完悲伤落泪。后来百姓为羊祜立庙，又在山上竖“堕泪碑”。 ⑩ “叔子”二句：叔子：羊祜字，晋武帝时都督荆州诸军事镇襄阳。后为征南大将军，表请平吴。他死后一年多，吴被晋灭。汉江：长江支流，由陕西入湖北。

翻译

江东一带据有险要形势的地方，
第一要数镇江雄伟如屏障。
山挽山，山连山，就像画图般莽莽苍苍，
云渺渺，水隐隐，景色美处耸着高楼房。
战事又起，风送着战鼓隆军号悲壮，
烽火连天，明明灭灭隔江相望，
如烟往事，遥想起孙权、刘备在此把破曹大事共商。
当年孙刘联军的军容呵，银戈金甲千里闪光芒，
军士野宿，万灶烟腾，正同今日宋军一样。

露珠结在草上，
风吹黄叶飘荡，
正当金秋时光。
方滋呵！你的气魄真宏大豪放，
感今愁，怀古忧，全被你谈笑间一扫而光。
君不见羊祜曾登临岘山，观赏襄阳？
那无数登山贤士早湮没无闻，现在哪方？
他们的遗恨难收，空令人黯然神伤。
独有羊祜千年传扬，
他的英名同浩浩汉江千古流长！

蝶恋花

离小益作

孝宗乾道八年(1172)春作于由夔州赴南郑途中。小益,利州益昌郡,郡治在今四川广元。宋成都府为益州,而称益昌郡为小益。《蝶恋花》,词调名。这首词写得十分婉约,表面上只是抒发了离情别绪,突出的是个人的相思之苦。但从陆游含着眼泪对过去三十年作的总结——“无处无遗恨”以及“天”无情而不问的倾诉中,正饱含着诗人沉痛的悲愤。现在离开小益,南郑在望,诗人希望“天”能“有情”地过问他和王炎北伐中原的抗战事业!

陌上箫声寒食近,雨过园林,花气浮芳润[①]。**千里斜阳钟欲暝,凭高望断南楼信**[②]。　**海角天涯行略尽,三十年间,无处无遗恨**[③]。**天若有情终欲问,忍教霜点相思鬓**[④]?

---

①“陌上”三句:乾道八年初春,陆游从夔州出发,三月十七日到达四

川宣抚使司所在地——兴元府的南郑县。寒食：清明节前一日，习俗不生火，吃冷食，故称寒食。芳润：有湿气的香味。 ②“千里”二句：南楼信：家信。陆游单身北上赴南郑，家属仍留夔州。但语意双关。北宋真宗曾在行营南楼宴从官（《宋史·真宗纪》），可能陆游借“南楼”指皇帝住所。意为等不到临安孝宗起用自己的消息。 ③“海角”二句：行：经行。略：差不多。陆游自绍兴十三年（1143）离山阴至临安应试，到绍兴二十八年（1158）出仕福州宁德县主簿，后历任敕令所删定官、枢密院编修官、通判镇江府事、通判隆兴府事和通判夔州事，故说“海角天涯行略尽”。三十年间：绍兴十三年至乾道八年，共三十年。 ④“天若”二句：“天若有情终欲问”化用李贺《金铜仙人辞汉歌》的“天若有情天亦老”句意；“霜点相思鬓”则出于李贺《还自会稽歌》的“吴霜点归鬓”句意。天：亦隐指孝宗。

翻译

田间路上扬箫声，寒食渐渐近，
春雨丝丝洒园林，风过天放晴，
花草透芳香，空气清新漾和润。
夕阳千里，晚钟悠悠送黄昏，
登高翘首，望尽天边，不见南楼信。

东西南北、海角天涯差不多快走尽，
算三十年漫漫光阴，

足印到处，无处不留下我深深的遗憾。

青天若通人情终究要过问，

怎忍心教我失望又苦辛，相思得鬓秃白发生！

鹧鸪天

葭萌驿作

乾道八年(1172)春作于从夔州赴南郑途中。葭萌，宋时利州益昌郡属县，在利州州治南一百一十里(今四川广元)。《鹧鸪天》，词调名。这首词重申了陆游为实现自己的报国大志而顽强奋斗的信念。“顽”这一“神仙诀”，并非说陆游真的要采取玩世不恭的处世态度，而是他斗争经验的总结。

看尽巴山看蜀山①，子规江上过春残②。惯眠古驿常安枕，熟听《阳关》不惨颜③。　慵服气④，懒烧丹⑤，不妨青鬓戏人间⑥。秘传一字神仙诀⑦，说与君知只是“顽”。

---

① 巴山：在巴东县(今属湖北省)。夔州：在秦为巴郡地，这里泛指巴郡一带的山。蜀山：泛指四川西部和北部的山。从夔州到南郑，一路要经过无数山。　② 子规：杜鹃鸟。相传为古代蜀王杜宇之魂所化，故又名杜宇，常夜啼，叫声凄厉，动人归思。　③ 惨颜：面色凄

惨。 ④ 慵：懒。服气：一作“食气”，道教的一种修行方法。 ⑤ 烧丹：即炼丹。用炉火烧炼药石。 ⑥ 青鬓：乌黑的鬓发。喻少年。 ⑦ 诀：诀窍。

翻译

看够巴山碧，再看蜀山青，
春快尽，江上杜鹃声声鸣。
常向古老驿站停，惯能酣然入梦境，
《阳关》曲声已熟听，脸不惨凄心不惊。

懒得服气练身轻，
懒得烧丹苦修行，
何妨趁着青春年盛游戏人间乐一生。
问我做个快乐神仙有什么要诀和窍门，
传授给你“顽”字一个当记清！

秋波媚

七月十六日晚登高兴亭望长安南山

乾道八年(1172)秋作于南郑。高兴亭,在南郑内城的西北,正对南山。长安当时正在金人占领区内。南山,即终南山。横亘陕西省南部,主峰在长安南。《秋波媚》,词调名。这是陆游在南郑时即目抒感之作,情调较昂扬,充满了乐观主义精神。上片从角声、烽火写起,高歌击筑,凭高酒酒,引起收复关中、胜利在望的兴致。下片从上片的"凭高"和"此兴悠哉"过渡,全面表达了诗人的"兴"。

秋到边城角声哀,烽火照高台①。悲歌击筑,凭高酹酒,此兴悠哉②。　　多情谁似南山月,特地暮云开③。灞桥烟柳,曲江池馆,应待人来④。

---

① 高台:指高兴亭。　② "悲歌"三句:筑:弦乐器,形似筝,有十三弦,演奏时以竹尺击弦发音,古人以筑声为慷慨之音。酹(lèi)酒:以酒浇地。此含有祝祷收复失地之意。悠哉:深长。　③ 暮云开:指

上句“南山月”照开了傍晚的暮云。 ④“灞桥”三句：曲江：指曲江池和它的支流。唐时曲江池位于长安东南隅，附近有芙蓉园、杏园、紫云楼等大片优美的游览区。应：应该，语意肯定。人：指进军关中的宋军。

翻译

秋色浓，到南郑，号角悠悠动地哀，
烽火熊熊，照着高兴亭高高亭台。
“铿铿”击筑，一曲悲歌抒慷慨，
愿失地收复，借登高祝祭举酒杯，
顿时那深长豪兴齐涌来！

谁像终南山月多情把人爱，
特意拨开层层暮云现出脸儿来。
想那灞桥含烟翠柳轻摆，
曲江池沼馆台风采，
该望穿秋水般把宋朝大军等待！

葭萌驿作

乾道八年(1172)十一月,陆游自南郑调往成都,这首词便作于这次赴任途中。《清商怨》,词调名。陆游在南郑只待了半年,实现北进中原的壮志、抱负又落了空,欢乐变成怅恨,当他再次路过葭萌驿时,不能不感到分外伤心。这首词,上片实写葭萌驿的凄凉情景和他当时的寂寞苦闷。下片用诗的“比兴”,借男女之情突变,暗示君心难测,致使自己理想破灭。全词寓悲愤于婉约之中,这是陆游词在艺术上的一个特色。

江头日暮痛饮①,乍雪晴犹凛②。山驿凄凉,灯昏人独寝。　　鸳机新寄断锦③,叹往事、不堪重省④。梦破南楼⑤,绿云堆一枕⑥。

---

① 江头:江边。　② 乍雪:初雪。凛:凛冽,寒冷。　③ 鸳机:织布机。断锦:用刀割断织机上的丝织物。出《后汉书·列女传》。乐羊子远出求学,中途返家,妻子剪断机上织锦,劝告他如中途辍学,正

如断机之锦，将使事业无成。寄断锦：指妻子寄书劝丈夫求取功名。此指决绝意。 ④ 不堪：不忍。重省：再回顾、回忆。 ⑤ 梦破：梦醒。 ⑥ 绿云：指女子多而发黑的美发。

翻译

日落江边，黄昏时分，任情畅怀把酒饮，
初雪放晴，寒气袭袭天还冷。
小小驿站深山中，显得分外凄凉冷清，
灯昏昏，孤零零，一人独睡进梦境。

新近情人寄来织机上断锦，决绝意分明，
怎忍心再回忆旧日款款柔情。
南楼同枕美梦今惊醒，
当初枕上堆云黑发、妩媚乌鬟，难再寻！

汉宫春

初自南郑来成都作

乾道九年(1173)春作于成都。八年冬,四川宣抚使王炎被从南郑召回临安,陆游遂改任成都府安抚司参议官。从南郑行抵成都,已是年底。词题说是“初来”,词中又写到元夕观灯、花时游乐等等,应已是九年春。词中又说到“看重阳药市”,那应是设想的话,因为九年秋直到年底,陆游代理知嘉州,不在成都。成都,宋时成都府路治所。《汉宫春》,词调名。这首词抒写了陆游悲愤而又慷慨的心情。上下两片,以上片南郑紧张的从戎生活与下片成都繁丽的优闲生活作强烈对比,突出了诗人愤懑的心情。

羽箭雕弓,忆呼鹰古垒,截虎平川[①]。吹笳暮归野帐,雪压青毡[②]。淋漓醉墨,看龙蛇、飞落蛮笺[③]。人误许,诗情将略,一时才气超然[④]。

何事又作南来?看重阳药市,元夕灯山[⑤]。花时万人乐处,欹帽垂鞭[⑥]。闻歌感旧,尚时时、流涕

尊前[7]。 君记取，封侯事在，功名不信由天[8]。

---

①“羽箭”三句：羽箭：白羽箭。雕弓：雕有纹饰的弓。古垒：废弃的营堡。截：拦。平川：平原。 ②“吹笳”二句：笳：军号。野帐：在野外的营帐。青毡：青色毛毡，可用作营帐。 ③“淋漓”二句：醉墨：酒醉所写的字。龙蛇：形容草书生动飞舞的样子。蛮笺：古时四川所产的彩色笺纸。 ④“人误许”三句：许：赞许。诗情：写诗的才情。将略：统兵的才略。超然：超出常人。 ⑤“何事”三句：南来：从南郑至成都是自北来南。药市：定期买卖药材的专门集市。陆游《老学庵笔记》卷六记有成都九月九日药市的盛况。元夕：元宵节。农历正月十五日夜。灯山：无数彩灯叠成的山棚。 ⑥“花时”二句：花时：春天百花盛开的季节。攲(qī)帽：斜戴帽子，舒适随便的样子。垂鞭：骑马垂下鞭子，从容缓行。 ⑦“闻歌”二句：尊：同“樽”，杯。尊前：酒席前。 ⑧“君记取”三句：取：语助辞，着。封侯：指东汉班超万里封定远侯事。在：语助词，口语“啊”。

翻译

想南郑时，挽雕弓，抽羽箭，

呼鹰纵猎在旧营古堡前，

拦住斑斓猛虎，旷野里一马当先。

笳声起，身披夕阳进野帐，暖心田，

皑皑白雪把青毡幕帐积遍！
趁酒兴，任墨花酣畅淋漓飞溅，
看龙飞蛇舞，挥挥洒洒泼落彩色纸笺。
承旁人谬许我志高才贤，
说我写诗才情洋溢，统兵谋略不浅，
纵横才气超群，一时名显。

不知为何又让我离开南郑前线，
来赏重阳药市景况空前，
元宵佳节，灯山上明灯万千。
百花季节狂欢时，万人接踵摩肩，
有的斜戴着帽，自适悠闲；有的缓行信步，马不加鞭。
独有我听着乐歌把南郑生活怀念，
还时时滚落点点热泪在酒席前。
请君把话记心间：
像班超为国立功博取封侯的事啊，
全靠自己努力，我不信决定在高高的苍天！

双头莲

呈范至能待制

孝宗淳熙二年（1175）秋或三年秋作于成都。待制，官名，是备皇帝顾问的，宋朝用作正式官职之外的衔号加给文臣。淳熙二年六月，范成大以敷文阁待制、四川制置使、知成都府的身份到成都，陆游当时正担任制置使司的参议官。在成都时，他们二人常常诗酒唱和，这首词就是其中之一。《双头莲》，词调名。这是陆游呈给范成大的词作。词中既坦率地抒发了自己"壮志成虚"的怨怅、悲愤，客居他乡的寂寞、苦闷，又对范成大的不敢有所作为、挑起北定中原的重任，进行了委婉的批评。

华鬓星星，惊壮志成虚，此身如寄①。萧条病骥②，向暗里，消尽当年豪气。梦断故国山川，隔重重烟水。身万里，旧社凋零，青门俊游谁记③？

尽道锦里繁华④，叹官闲昼永，柴荆添睡，清愁自醉。念此际，付予何人心事？纵有楚柁吴樯，知何时东逝⑤。空怅望，鲙美菰香，秋风

又起⑥。

---

①"华鬓"三句：星星：形容发白。身如寄：指生活漂泊不定。 ②萧条：冷寂。病骥：病马。 ③"身万里"三句：旧社：旧日的集社。凋零：这里意为"星散"。青门：长安的东门，此指南宋都城。俊游：指昔日与朋友们美好的交游。 ④锦里：本指成都城南锦江一带，后人用作成都的别称，亦称锦城。 ⑤"纵有"二句：柁、樯：代指船只。楚柁吴樯：指回东南故乡的下行船只。东逝：向东航行。 ⑥"空怅望"三句：鲙：鲙鱼。菰：菰米。鲙美菰香：写山阴的风味佳肴，用晋张翰见秋风起，思念家乡鲈鱼莼菜味美、弃官回乡之典。事见《晋书·张翰传》。

翻译

双鬓白发，星星斑斑，
报国壮志落空，止不住伤心惊叹，
一生里漂泊不定，流离不安。
我像一匹寂寞有病的千里马倚着槽栏，
独向暗处，默默地把当年冲天的豪气消磨完。
如今梦中也难见故国的锦绣河山，
它让重重的烟霭、层层的云水隔断！
身离着关山万里远，

旧日的集社早已人消星散，
谁还记得当年在都城同良师益友们活跃的笑谈？

人人都说成都繁华如锦璀璨，
我却感叹官闲无事白天像永过不完，
无聊得躺着昏昏欲睡，把柴门紧关，
浇愁酒醉，把美酒一杯一杯痛饮喝干！
想起这些呵，我内心的苦闷向谁诉说得完？
纵然有驰向故乡的南去船帆，
可乘船归去的日期谁能预先估算？
我只能白白地、惆怅地遥看，
那鲙鱼鲜嫩、菰米喷香的美味佳餐，
在一阵一阵的秋风里隐隐出现！

夜游宫

记梦寄师伯浑

此词约作于乾道九年(1173)秋至淳熙四年(1177)之间。师浑甫,字伯浑,四川眉山人,隐居于龙山。四川制置使曾想起用他,后因有人阻挠未成。陆游于乾道九年夏自成都赴嘉州,经眉山与伯浑相识,称许他是天下伟人。二人同心同调,过往甚密。师伯浑死于淳熙四年(参见陆游《师伯浑文集序》、《次韵伯浑见寄》自注、《老学庵笔记》卷三)。《夜游宫》,词调名。全词上片写梦境;下片写梦醒后的感想。梦境和现实,有机相关,联成一体,具有壮阔的境界和激励人们为国献身的思想内涵。陆游在词作里也有抒发爱国激情的记梦之作,这首《夜游宫》即是其一。

雪晓清笳乱起①。梦游处、不知何地。铁骑无声望似水②。想关河,雁门西,青海际③。

睡觉寒灯里④。漏声断、月斜窗纸。自许封侯在万里。有谁知,鬓虽残,心未死!

① 雪晓：下雪的清晨。清笳：清亮的笳声。 ②“铁骑”句：全句描写军容的严肃。望似水：看着像河流奔泻的样子。 ③“想关河”三句：承“梦游不知何地”，指出上述梦境似在之地。关河：关塞与河防。雁门：关名，在山西代县西北。青海：湖名，在青海省。际：边。 ④ 睡觉：睡醒。

翻译

恍惚雪天的早晨，清亮的角声此起彼落回应。

梦里我不知来到哪里，竟有这边关风情。

骠勇的战马寂寂无声，看着像急流滚滚向前挺进。

呵！不由我联想起那雄关大河的边地情景，

想起金人占领着的雁门，

还有那遥遥的青海边境！

醒来在寒灯晃动的残夜里睁开眼睛。

漏声停，晓月斜映着窗纸天色将明。

万里外封王拜侯我还有自信。

但现在谁能理解我的衷情？

时间虽然无情地摧落了我的双鬓，

但决不会死去我那报国的雄心！

宫 词

这首词不详何年所作。乾道九年(1173),陆游有《长门怨》《长信宫词》《铜雀妓》三首,和这首词的命意相似,略可推知它的写作时期。这首词从表面上看是写一个失宠后妃的“宫怨”,但实际上却暗含着诗人陆游对国事的愤慨。全篇全用暗喻,其命意与风格,颇似辛弃疾的《摸鱼儿·更能消几番风雨》一词。

独夜寒侵翠被[①]。奈幽梦、不成还起[②]。欲写新愁泪溅纸。忆承恩[③],叹余生,今至此。

簌簌灯花坠[④],问此际、报人何事[⑤]?咫尺长门过万里[⑥]。恨君心,似危栏[⑦],难久倚。

---

① 独夜:孤独的夜晚。翠被:宫中所用的锦被。 ② 奈:无奈。幽梦:好梦。 ③ 承恩:后妃得到皇帝的宠幸。 ④ 簌簌:花落之声。灯花:油灯的灯芯余烬结成的花彩叫灯花。 ⑤“问此际”句:古人传说,灯花可报客至或喜讯。因失宠,无喜可报,故称“报人何事”。

⑥ 长门：汉宫门。司马相如《长门赋》序说，汉武帝时陈皇后失宠住长门宫，司马相如为陈皇后写《长门赋》，使她重得宠幸。后来长门便专指失宠后妃的住地。过：超过。 ⑦ 危栏：高处的栏杆。

翻译

独对夜晚，寒气袭人锦被冰冷。
无奈好梦难成，披衣又起身。
想写内心新愁与旧欢，谁知泪洒满锦纸。
痛忆当年受宠恩爱深，
感叹我今后怎安排余生，
冷遇呵受困，积久直到今！

簌簌灯花掉落化灰烬，
不由我纳闷：独处冷宫你还报什么喜讯？
长门宫紧挨君王身，可仿佛隔着千万里路程。
可恨呵可恨！朝三暮四君王心，
就像高处的栏杆，
很难去长久依傍、长久靠稳！

感皇恩

这首词没有题目，不详何年所作。从词意看，当是陆游从南郑调成都以后、出川以前的作品。《感皇恩》，词调名。陆游在词里既抒发了壮志难酬的怅恨，又表现了他对那些惯于钻营之辈的鄙视；词末指出考虑再三只有回故乡，说来平常，但愤懑之情却溢于言表。

小阁倚秋空[①]，下临江渚[②]。漠漠孤云未成雨[③]。数声新雁，回首杜陵何处[④]？壮心空万里，人谁许？　　黄阁紫枢，筑坛开府，莫怕功名欠人做[⑤]。如今熟计[⑥]，只有故乡归路。石帆山脚下[⑦]，菱三亩。

---

① 阁：楼。　② 江渚：江边的小沙洲。　③ 漠漠：寂寞。　④ 杜陵：地名，在今陕西西安东南。　⑤ “黄阁”三句：黄阁：汉丞相听事阁称黄阁。唐时门下省亦称黄阁。紫枢：唐开元元年(713)改中书省为紫微省，简称“紫枢”。枢即枢府。黄阁紫枢：泛指当时中央的最高官府。筑坛：指筑坛拜将，是武官的最高荣誉。开府：文官位至三公的待遇。　⑥ 熟计：再三考虑。　⑦ 石帆山：在今浙江绍兴东

十五里，有石壁高数十丈，形如船帆，故称。

翻译

小楼偎靠着秋天的长空，
凭高俯视着江边块块沙洲。
升起静静一片乌云，播雨还不到时候。
长空里几声新雁的鸣叫在云际飘浮，
不由人回头遥望，长安呵，杜陵呵，
你在天的哪头？
我空将立功万里的壮志坚守，
但有谁赞许我、任用我，向我招手？

登黄阁，步紫枢，入相封侯把高禄享受，
登坛拜将、位至三公把名利成就，
这功名富贵、高官显爵用不着担心没人去蝇营狗苟。
我再三考虑、反复计谋，
只有回故乡在山里悠游。
到那石帆山下，
种上三亩菱藕度这春秋！

诉衷情

这首词没有题目，不详何年所作。从词意看，当在淳熙十六年(1189)陆游罢归山阴以后。《诉衷情》，词调名。陆游在词里抒发了敌人未灭、中原未复、壮志未酬而年岁已老的悲愤。一种激昂慷慨、不甘寂寞、“烈士暮年，壮心不已”的奋进精神流注全词。

当年万里觅封侯[1]，匹马戍梁州[2]。关河梦断何处[3]？尘暗旧貂裘。　胡未灭，鬓先秋[4]，泪空流。此生谁料，心在天山，身老沧洲[5]！

---

① 觅：寻求。　② 梁州：古陕西地，此指汉中前线。　③ 关河：此指大散关、渭河一带。何处：不知何处，无踪迹可寻之意。　④ 胡未灭：用《汉书·霍去病传》“匈奴未灭，何以家为”语意。鬓先秋：鬓发先白。　⑤ 天山：这里代指西北边境前线。沧洲：水边陆地，常指隐士居住之地。这里指陆游退隐所住的镜湖之滨。

翻译

想当年，像班超万里寻求封侯，

匹马单枪防守梁州。

现今，翻关涉河的踪迹梦中也难寻求，

坐看旧皮军装灰蒙蒙积满尘垢！

敌人没消灭，

白发先满头，

热泪白白流。

谁料我这一生呵，

雄心常挂天山头，

孤身却终老水滨山丘！

鹊桥仙

这首词没有题目，不详何年所作。从词意看，当在罢归山阴以后。《鹊桥仙》，词调名。这首词上片用对比手法，表达陆游对现实的愤恨。下片则写罢归山阴、乡居镜湖的闲适而又苦闷的生活，表示诗人对朝廷的嘲讽和不满。

华灯纵博，雕鞍驰射。谁记当年豪举[1]？酒徒一一取封侯[2]，独去作江边渔父[3]。　　轻舟八尺，低篷三扇，占断蘋洲烟雨[4]。镜湖元自属闲人，又何必君恩赐与[5]。

---

① 豪举：豪放的举动。　② 酒徒：此指只取个人名利不知国家兴亡之辈，恐用《楚辞·渔父》“众人皆醉我独醒”语意。　③ 渔父：指隐士，语出《楚辞·渔父》。　④ 占断：占住，独尽。　⑤ 镜湖：一名鉴湖，在今浙江绍兴南。闲人：隐居之士。君恩：明汲古阁本《宋名家词》作“官家”。官家：皇家，皇帝。君恩赐与：据《新唐书·隐逸传》，贺知章还乡为道士，唐玄宗曾诏赐镜湖一曲。

翻译

夜晚灯煌煌，喝酒博弈放声嚷，
白昼跃雕鞍，飞马射箭英雄样。
谁还记得当年我们比壮志逞豪强？
无能之辈一个个弹冠相庆封了侯，拜了将，
独有我成了个渔翁垂钓江湖上。

驾一只小船划动双桨，
挂三扇低篷湖面荡漾，
绿蘋小洲、烟雨茫茫，尽我一人观赏。
幽美的镜湖原是失意志士消磨时日的地方，
又何必要你君王特地开恩赐赏！

谢池春

这首词没有题目，不详何年所作。从词意看，当在淳熙十六年(1189)陆游罢归山阴后所写。《谢池春》，词调名。词的上片写陆游从军南郑的英雄气概和报国愿望；下片点出罢归山阴后的隐退生活。愤郁之气充溢全词。

壮岁从戎①，曾是气吞残虏。阵云高，狼烽夜举。朱颜青鬓，拥雕戈西戍②。笑儒冠自来多误③。　　功名梦断，却泛扁舟吴楚，漫悲歌④，伤怀吊古。烟波无际，望秦关何处⑤？叹流年又成虚度。

① 壮岁：古人称三十岁以上为壮。　② 雕戈：雕有花纹的戈矛。③ 儒冠：指读书人。此句化用杜甫《奉赠韦左丞丈二十二韵》“儒冠多误身”句意。　④ 漫：徒然。　⑤ 秦关：函谷关，在今河南灵宝。这里泛指中原北土。

翻译

壮年参军上战场，
摩拳擦掌，敢把残敌一气吞灭光。
天高云飞翔，
夜点狼烟烽火，高高直上。
我，脸色红堂堂，黑发闪闪亮，
手持雕戈长枪，守卫西北边疆上！
常笑读书人，多把功名耽搁，前程遗忘！

谁料功名大业也成梦想！
如今却荡起小舟一叶在江南水乡。
徒然慷慨悲歌放声唱，
徒然吊古伤今愁断肠。
无边无际的烟霭浩渺，云雾悠长，
回望北方关山故土，今在何方？
可叹美好年华白白葬送，留下多少怨怅！

柱 杖

这首词作年不详。各本《渭南文集》及汲古阁本《放翁词》均无题目,此题据吴讷编《百家词》本补。柱杖,同拄杖。《好事近》,词调名。想象或梦游华山的诗,陆游写过不少,多借以表达诗人收复河山之思。这首词也写诗人神游华山,但主题却是对人民生活的关注。全词雄奇豪迈,充满浪漫主义色彩。晚于陆游的爱国词人刘克庄所作《清平乐》曾幻想骑在银蟾背上畅游月宫,"醉里偶摇桂树,人间唤作凉风",应是陆游这首词作构思的再现。

秋晓上莲峰,高蹑倚天青壁[①]。谁与放翁为伴?有天坛轻策[②]。　　铿然忽变赤龙飞[③],雷雨四山黑。谈笑做成丰岁[④],笑禅龛榔栗[⑤]。

---

① 莲峰:即华山莲花峰。蹑(niè):踏。倚天青壁:莲花峰卓立万丈,高靠天边,悬崖峭壁,青如削玉。　② 天坛:山名,即天台(tāi)山,在浙江天台。策:杖。天坛轻策:叶梦得《避暑录话》有"天坛策杖,形

圆体轻”之语。 ③ 铿(kēng)然：声音清亮。忽变赤龙：暗用费长房传说。费长房曾以竹杖投葛陂中，杖化为龙飞去。见《后汉书·费长房传》。 ④ 做成丰岁：赤龙兴云降雨，田禾得甘霖，农民喜获丰收。 ⑤ 禅龛(kān)：原指供设佛像的小阁子，此处泛指僧房，又借指为僧徒。楖(jié)栗：印度语“刺竭节”异译，僧徒用的杖。据《翻译名义集》卷十九，僧徒手持楖栗，不关心他人，只顾自己。故远不如自己的天坛轻杖，所以陆游要嘲笑他们。

翻译

清秋登上莲花峰，
高踏倚天青壁如凌长空。
谁和放翁结伴而行？
有天台的手杖一根陪同！

“轰”的一声，轻杖忽成赤龙飞苍穹，
雷隆隆，雨蓬蓬，四面山峰黑暗中。
龙化甘霖苗得雨，转眼酿成天下年岁丰，
可笑禅房僧徒，横抱禅杖徒劳无奇功！

桃源忆故人

题华山图

这首词作年不详。从词意看，当是陆游晚期作品。《桃源忆故人》，词调名。陆游有不少以华山为题的诗，大都抒发了他强烈的爱国情感。这首词同样借华山图表现了陆游收复失地、统一中原的愿望，而对南宋统治集团的偏安苟且作了谴责。

中原当日三川震，关辅回头煨烬[①]。泪尽两河征镇[②]，日望中兴运。　　秋风霜满青青鬓，老却新丰英俊[③]。云外华山千仞，依旧无人问。

---

①“中原”二句：三川震：据《国语·周语上》，周幽王二年（前780）发生地震，泾、渭、洛三河皆震。这里借指中原地区发生大战乱。关辅：指北宋京都汴京四周地区。煨烬：灰烬。此二句指靖康元年（1126）金兵陷汴京之难。　②征镇：魏晋以后设有征东、征西、征南、征北将军及镇东、镇西、镇南、镇北将军，合称征镇。两河征镇：指黄河流域坚持抗战的爱国将领和起义战士。　③新丰英俊：本指

唐朝的马周，陆游以此自比。

翻译

当年金兵踏进中原，三川震惊起战尘，
汴京四周顷刻烟飞火腾化灰烬。
黄河南北爱国将士顿足捶胸泪洒尽，
日日夜夜盼望中原收复、宋室兴盛。

白发缀满我双鬓，秋风又助白发生，
时光催老了我像马周一般的壮志青春。
那三千仞高耸云外的华山胜境，
久久被金人占领竟依旧无人过问！

中华文史名著精选精译精注（全民阅读版）已出书目

书　名	导读人	审阅人
贾谊集	徐超、王洲明	安平秋
司马相如集	费振刚、仇仲谦	安平秋
张衡集	张在义、张玉春、韩格平	刘仁清
三曹集	殷义祥	刘仁清
诸葛亮集	袁钟仁	董治安
阮籍集	倪其心	刘仁清
嵇康集	武秀成	倪其心
陶渊明集	谢先俊、王勋敏	平慧善
谢灵运鲍照集	刘心明	周勋初
庾信集	许逸民	安平秋
陈子昂集	王岚	周勋初、倪其心
孟浩然集	邓安生、孙佩君	马樟根
王维集	邓安生等	倪其心
高适岑参集	谢楚发	黄永年
李白集	詹锳等	章培恒
杜甫集	倪其心、吴鸥	黄永年
元稹白居易集	吴大逵、马秀娟	宗福邦
刘禹锡集	梁守中	倪其心
韩愈集	黄永年	李国祥
柳宗元集	王松龄、杨立扬	周勋初
李贺集	冯浩菲、徐传武	刘仁清
杜牧集	吴鸥	黄永年

续表

书　名	导读人	审阅人
李商隐集	陈永正	倪其心
欧阳修集	林冠群、周济夫	曾枣庄
曾巩集	祝尚书	曾枣庄
王安石集	马秀娟	刘烈茂、宗福邦
二程集	郭齐	曾枣庄
苏轼集	曾枣庄、曾弢	章培恒
黄庭坚集	朱安群等	倪其心
李清照集	平慧善	马樟根
陆游集	张永鑫、刘桂秋	黄葵
范成大杨万里集	朱德才、杨燕	董治安
朱熹集	黄珅	曾枣庄
辛弃疾集	杨忠	刘烈茂
文天祥集	邓碧清	曾枣庄
元好问集	郑力民	宗福邦
关汉卿集	黄仕忠	刘烈茂
萨都剌集	龙德寿	曾枣庄
王阳明集	吴格	章培恒
徐渭集	傅杰	许嘉璐、刘仁清
李贽集	陈蔚松、顾志华	李国祥、曾枣庄
公安三袁集	任巧珍	董治安
吴伟业集	黄永年、马雪芹	安平秋
黄宗羲集	平慧善、卢敦基	马樟根
顾炎武集	李永祜、郭成韬	刘烈茂
王士禛集	王小舒、陈广澧	黄永年
方苞姚鼐集	杨荣祥	安平秋
袁枚集	李灵年、李泽平	倪其心
龚自珍集	朱邦蔚、关道雄	周勋初